KB270065

벙어리 삼룡이

북도드리 문학선 ①

벙어리 삼룡이

찍은날 ┃ 2012년 5월 21일
펴낸날 ┃ 2012년 5월 29일

지은이 ┃ 나 도 향
작품해설 ┃ 손 재 우
펴낸이 ┃ 조 명 숙
펴낸곳 ┃ 도서출판 북도드리
등록번호 ┃ 제16-2083호
등록일자 ┃ 2000년 1월 17일

주소 ┃ 서울·금천구 가산디지털1로 205, 705
       (가산동, 케이씨씨웰츠밸리)
전화 ┃ (02) 851-9511
팩스 ┃ (02) 852-9511
전자우편 ┃ appbook21@naver.com

ISBN 978-89-86607-88-8 03810

값 7,000원

• 잘못된 책은 바꾸어드립니다.

벙어리 삼룡이

나도향 지음

북도드리
도서출판

차 례

벙어리 삼룡이

내가 열 살이 될락말락한 때이니까 지금으로부터
십사오 년 전 일이다.
 지금은 그곳을 청엽정(靑葉町)이라 부르지마는,
그때는 연화봉(蓮花峰)이라고 이름하였다.
즉 남대문에서 바로 내다보면 오정포(午正砲)가
놓여 있는 산등성이가 있으니,
그 산등성이 이쪽이 연화봉이요,
그 새에 있는 동네가 역시 연화봉이다.

벙어리 삼룡이

1.

   내가 열 살이 될락말락한 때이니까 지금으로부터 십사오 년 전 일이다.

   지금은 그곳을 청엽정(靑葉町)이라 부르지마는, 그때는 연화봉(蓮花峰)이라고 이름하였다. 즉 남대문에서 바로 내다보면 오정포(午正砲)[1)]가 놓여 있는 산등성이가 있으니, 그 산등성이 이쪽이 연화봉이요, 그 새에 있는 동네가 역시 연화봉이다.

   지금은 그곳에 빈민굴이라고 할 수밖에 없이 지저분한 촌락이 생기고 노동자들밖에 살지 않는 곳이 되어 버렸으나, 그때에는 자기네만은 행세한다는 사람들이 있었다.

　집이라고는 십여 호밖에 있지 않았고, 그곳에 사는 사람들은 대개 과목밭[2]을 하고, 또는 채소를 심거나, 그렇지 아니하면 콩 나물을 길러서 생활을 하여 갔었다.

　여기에 그 중 큰 과목밭을 갖고 그 중 여유 있는 생활을 하여 가는 사람이 하나 있었는데, 그의 이름은 잊어버렸으나 동네 사람들이 부르기를 오 생원이라고 불렀다.

　얼굴이 동탕[3]하고 목소리가 마치 여름에 버드나무에 앉아서 길게 목 늘여 우는 매미 소리같이 저르렁저르렁하였다.

　그는 몹시 부지런한 중년 늙은이로, 아침이면 새벽 일찍이 일어나서 앞뒤로 뒷짐을 지고 돌아다니며 집안일을 보살피는데, 그 동네에는 그가 마치 시계와 같아서 그가 일어나는 때가 동네 사람이 일어나는 때였다. 만일 그가 아침에 돌아다니며 잔소리를 하지 않으면 동네 사람들은 이상히 여겨 그의 집으로 가 본다. 그는 반드시 몸이 불편하여 누워 있었다. 그러나 그와 같은 때는 일 년 삼백육십 일에 한번 있기가 어려운 일이요, 이태나 삼 년에 한 번 있거나 말거나 하였다.

　그가 이곳으로 이사를 온 지는 얼마 되지 아니하나 언제든지 감투를 쓰고 다니므로 동네 사람들은 그를 양반이라고 불렀고, 또 그 사람도 동네 사람들에게 그리 인심을 잃지 않으려고 섣달이면 북어쾌[4], 김톳[5]을 동네 사람에게 나눠주며, 농사 때에 쓰는 연장도 넉넉히 장만한 후 아무 때나 동네 사람들이 쓰게 하므로. 그 동네에서는 가장 인심 후하고 존경받는 집인 동시에 세력 있는 집이다.

그 집에는 삼룡(三龍)이라는 벙어리 하인 하나가 있으니, 키가 본시 크지 못하여 땅딸보이고 고개가 달라붙어 몸뚱이에 대강이를 갖다가 붙인 것 같다. 거기다가 얼굴이 몹시 얽고[6] 입이 크다. 머리는 전에 새 꼬랑지 같은 것을 주인의 명령으로 깎기는 깎았으나 불밤송이[7] 모양으로 언제든지 푸 하고 일어섰다. 그래 걸어다니는 것을 보면, 마치 옴두꺼비[8]가 서서 다니는 것같이 숨차 보이고 더디어 보인다. 동네 사람들이 부르기를 삼룡이라 부르는 법이 없고, 언제든지 '벙어리' '벙어리' 라고 하든지 그렇지 않으면 '앵모' '앵모' 한다. 그렇지만 삼룡이는 그 소리를 알지 못한다.

그도 이 집 주인이 이사를 올 때에 데리고 왔으니, 진실하고 충성스러우며 부지런하고 세차다. 눈치로만 지내 가는 벙어리지마는 말하고 듣는 사람보다 슬기로운 적이 있고, 평생 조심성이 있어서 결코 실수한 적이 없다.

아침에 일어나면 마당을 쓸고, 소와 돼지의 여물을 먹이며, 여름이면 밭에 풀을 뽑고 나무를 실어 들이고 장작을 패며, 겨울이면 눈을 쓸며 잔심부름과 진일[9] 마른일[10] 할 것 없이 못하는 일이 없다.

그럴수록 이 집 주인은 벙어리를 위해 주며 사랑한다. 혹시 몸이 불편한 기색이 있으면 쉬게 하고, 먹고 싶어하는 듯한 것은 먹이고, 입을 때 입히고, 잘 때 재운다.

그런데 이 집에는 삼대 독자로 내려오는 아들이 있다. 나이는 열일곱 살이나 아직 열네 살도 되어 보이지 않고, 너무 귀엽게

기르기 때문에 누구에게든지 버릇이 없고 어리광을 부리며 사람에게나 짐승에게 잔인 포악한 짓을 많이 한다.

동네 사람들은,

"후레자식[11]! 아비 속상하게 할 자식! 저런 자식은 없는 것만 못해."

하고 욕들을 한다. 그래서 그의 어머니는 아들이 잘못할 때마다 그의 영감을 보고,

"그 자식을 좀 때려 주구려. 왜 그런 것을 보고 가만두?"

하고 자기가 대신 때려 주려고 나서면,

"아뇨, 아직 철이 없어 그렇지, 저도 지각이 나면 그렇지 않을 것이 아뇨."

하고 너그럽게 타이른다. 그러면 마누라는 왜가리[12]처럼 소리를 지르며,

"철이 없긴 지금 나이가 몇이오. 넬 모레면 스무 살이 되는데, 또 며칠 아니면 장가를 들어서 자식까지 날 것이 그래 가지고 무엇을 한단 말이오."

하고 들이대며,

"자식은 꼭 아버지가 버려 놓았습니다. 자식 귀여운 것만 알았지 버릇 가르칠 줄은 모르니까……."

이렇게 싸움만 시작하려 하면 영감은 아무 말도 하지 않고 바깥으로 나가 버린다.

그 아들은 더구나 벙어리를 사람으로 알지도 않는다. 말 못 하는 벙어리라고 오고 가며 주먹으로 허구리[13]를 지르기도 하고 발

길로 엉덩이도 찬다.

그러면 그 벙어리는 어린것이 철없이 그러는 것이 도리어 귀엽기도 하고, 또 그 힘없는 팔과 힘없는 다리로 자기의 무쇠 같은 몸을 건드리는 것이 우습기도 하고 앙증하기도[14] 하여 돌아서서 방그레 웃으면서 툭툭 털고 다른 곳으로 몸을 피해 버린다.

어떤 때는 낮잠 자는 벙어리 입에다가 똥을 먹인 일도 있었다. 또 어떤 때는 자는 벙어리 두 팔 두 다리를 살며시 동여매고 손가락과 발가락 사이에 화승불[15]을 붙여 놓아 질겁을 하고 일어나다가 발버둥질을 하고 죽으려는 사람처럼 괴로워하는 것을 보고 기뻐하였다.

이러한 때마다 벙어리의 가슴에는 비분한[16] 마음이 꽉 들어찼다. 그러나 그는 주인의 아들을 원망하는 것보다도 자기가 병신인 것을 원망하였으며, 주인의 아들을 저주한다는 것보다 이 세상을 저주하였다.

그러나 그는 결코 눈물을 흘리지 않았다. 그의 눈물은 나오려 할 때 아주 말라붙어 버린 샘물과 같이 나오려 하나 나오지를 아니하였다. 그는 주인의 집을 버릴 줄 모르는 개 모양으로 자기가 있어야 할 곳은 여기밖에 없고 자기가 믿을 것도 여기 있는 사람들밖에 없을 줄 알았다. 여기서 살다가 여기서 죽는 것이 자기의 운명인 줄밖에 알지 못하였다. 자기의 주인 아들이 때리고 지르고 꼬집어뜯고 모든 방법으로 학대할지라도 그것이 자기에게 으레 있을 줄밖에 알지 못하였다.

아픈 것도 그 아픈 것이 으레 자기에게 돌아올 것이요, 쓰린

것도 자기가 받지 않아서는 안 될 것으로 알았다. 그는 이 마땅히 자기가 받아야 할 것을 어떻게 해야 면할까 하는 생각을 한번도 하여 본 일이 없었다.

그가 이 집에서 떠나가려거나 또는 그의 생활환경에서 벗어나려는 생각은 한 번도 해보지 못하였다 할지라도, 그는 언제든지 그 주인 아들이 자기를 학대하고 또는 자기를 못살게 굴 때 그는 자기의 주먹과 또는 자기의 힘을 생각하여 보았다.

주인 아들이 자기를 때릴 때, 그는 주인 아들 하나쯤은 넉넉히 제지할 힘이 있는 것을 알았다.

어떠한 때는 아픔과 쓰림이 자기의 몸으로 스며들 때면 그의 주먹은 떨리면서 어린 주인의 몸을 치려 하다가는 그것을 무서운 고통과 함께 꽉 참았다.

그는 속으로,

'아니다, 그는 나의 주인의 아들이다. 그는 나의 어린 주인이다.'

하고 꾹 참았다.

그리고는 그것을 얼핏 잊어버렸다. 그러다가도 동넷집 아이들과 혹시 장난을 하다가 주인 아들이 울고 들어올 때에는, 그는 황소같이 날뛰면서 주인을 위하여 싸웠다. 그래서 동네에서도 어린애들이나 장난꾼들이 벙어리를 무서워하여 감히 덤비지를 못하였다. 그리고 주인 아들도 위급한 경우에는 언제든지 벙어리를 찾았다. 벙어리는 얻어맞으면서도 기어드는 충견 모양으로 주인의 아들을 위하여 싫어하지 않고 힘을 다하였다.

2

　벙어리가 스물세 살이 될 때까지 그는 물론 이성과 접촉할 기회가 없었다. 동네의 처녀들이 저를 '벙어리' '벙어리' 하며 괴상한 손짓과 몸짓으로 놀려먹음을 받을 적에 분하고 골나는 중에도 느긋한 즐거움을 느껴 본 일은 있었으나, 그가 결코 사랑으로써 어떠한 여자를 대해 본 일은 없었다.

　그러나 정욕을 가진 사람인 벙어리도 그의 피가 차디찰 리는 없었다. 혹 그의 피는 더욱 뜨거웠을는지도 알 수 없었다. 뜨겁다 뜨겁다 못하여 엉기어 버린 엿과 같을지도 알 수 없었다. 만일 그에게 볕을 주거나 다시 뜨거운 열을 준다면 그의 피는 다시 녹을는지도 알 수 없었다.

　그가 깜박깜박하는 기름 등잔 아래에서 밤이 깊도록 짚신을 삼을 때면 남모르는 한숨을 아니 쉬는 것도 아니지마는, 그는 그것을 곧 억제할 수 있을 만큼 정욕에 대하여 벌써부터 단념을 하고 있었다.

　마치 언제 폭발이 될는지 알지 못하는 휴화산[17] 모양으로 그의 가슴속에는 충분한 정열을 깊이 감추어 놓았으나 그것이 아직 폭발될 시기가 이르지 못한 것이었다. 비록 폭발이 되려고 무섭게 격동함을 벙어리 자신도 느끼지 않는 바는 아니지마는, 그는 그것을 폭발시킬 조건을 얻기 어려웠으며 또는 자기가 여태까지 능동적으로 그것을 나타낼 수가 없을 만큼 외계의 압축을 받았으며, 그것으로 인한 이지[18]가 너무 그에게 자제력을 강대하게 하여 주는 동시에 또한 너무 그것을 단념만 하게 하여 주었다.

속으로, '나는 벙어리다' 자기가 생각할 때 그는 몹시 원통함을 느끼는 동시에 나는 말하는 사람들과 똑같은 자유와 똑같은 권리가 없는 줄 알았다.

그는 이와 같은 생각에서 언제든지 단념 않을래야 단념하지 않을 수 없는 그 단념이 쌓이고 쌓이어 지금에는 다만 한 개의 기계와 같이 이 집에 노예가 되어 있으면서도 그것을 자기의 천직으로 알고 있을 뿐이요, 다시는 자기가 살아갈 세상이 없는 것 같이밖에 알지 못하게 된 것이다.

3

그해 가을이다.

주인의 아들이 장가를 들었다. 색시는 신랑보다 두 살 위인 열아홉 살이다. 주인이 본시 자기가 언제든지 문벌이 얕은 것을 한탄하여 신부를 구할 때에 첫째 조건이 문벌이 높아야 할 것이었다. 그러나 문벌 있는 집에서는 그리 쉽게 색시를 내놓을 리가 없었다. 그러므로 하는 수 없이 그 어떠한 영락한[19] 양반의 딸을 돈을 주고 사오다시피 하였으니, 무남독녀의 딸을 둔 남촌 어떤 과부를 꿀을 발라서 약혼을 하고 혹시나 무슨 딴소리가 있을까 하여 부랴부랴 혼례식을 올려 버렸다.

혼인할 때의 비용도 그때 돈으로 삼만 냥을 썼다. 그리고 아들의 처갓집에 며느리 뒤 보아 주는 바느질삯, 빨랫삯이라는 명목으로 한 달에 이천오백 냥씩을 대어주었다.

신부는 자기 아버지가 돌아가기 전까지만 해도 상당히 견디기도 하고 또는 금지옥엽같이 기른 터이라, 구식 가정에서 배울 것 배우고, 읽힐 것 읽혀 못하는 것이 없고, 게다가 본래 인물이라든지 행동거지에 조금도 구김이 있지 아니하다.

신부가 오자 신랑의 흠절[20]이 생기기 시작하였다.

"신부에게 대면 두루미와 까마귀지."

"아직도 철딱서니가 없어."

"색시에게 쥐여 지내겠지."

"신랑에겐 과하지."

동넷집 말 좋아하는 여편네들이 모여 앉으면 이렇게 비평들을 한다. 어떠한 남의 걱정 잘하는 마누라님은 간혹 신랑을 보고는 그대로 세워 놓고,

"글쎄, 이제는 어른이 되었으니 셈[21]이 좀 나요, 저리구 어떻게 색시를 거느려 가누. 색시방에 들어가기가 부끄럽지 않남."

하고 들이대다시피 하는 일이 있다.

이럴 적마다 신랑의 마음은 그 말하는 이들이 미웠다. 일부러 자기를 부끄럽게 하려고 하는 것 같아서 그 후에 그를 만나면 말도 안 하고 인사도 하지 아니한다.

또 그의 고모 되는 이가 와서 자기 조카를 보고,

"인제는 어른이야. 너도 그만하면 지각이 날 때가 되지 않았니. 네 처가 부끄럽지 아니하냐."

하고 타이를 적마다 그의 마음은 그 말하는 사람이 부끄럽다는 것보다도 자기를 이렇게 하게 한 자기 아내가 더욱 밉살머리

스러웠다.

"여편네가 다 무엇이냐? 빌어먹을 년이 들어오더니 나를 이렇게 못살게들 굴지."

혼인한 지 며칠이 못 되어 그는 색시방에 들어가지를 않았다. 집안에서는 야단이 났다. 마치 돼지나 말 새끼를 혼례시키려는 것같이 신랑을 색시방으로 집어넣으려 하나 막무가내였다.

그럴 때마다 신랑은 손에 닥치는 대로 집어 때려서 자기의 외사촌 누이의 이마를 뚫어서 피까지 나게 한 일이 있었다.

집안 식구들은 하는 수가 없어 맨 나중으로 아버지에게 밀었다. 그러나 그것도 소용이 없을 뿐더러 풍파를 더 일으키게 하였다. 아버지게 꾸중을 듣고 들어와서는 다짜고짜로 신부의 머리채를 쥐어잡아 마루 한복판에 태질[22]을 쳤다.

그리고는,

"이년, 네 집으로 가거라. 보기 싫다. 내 눈앞에는 보이지도 마라."

하였다. 밥상을 가져오면 그 밥상이 마당 한복판에서 재주를 넘고, 옷을 가져오면 그 옷이 쓰레기통으로 나간다.

이리하여 색시는 시집오던 날부터 팔자 한탄을 하며 날마다 밤마다 우는 사람이 되었다.

울면 요사스럽다고 때린다. 또 말이 없으면 빙충맞다고 친다. 이리하여 그 집에는 평화스러운 날이 하루도 없었다.

이것을 날마다 보는 사람 가운데 알 수 없는 의혹을 품게 된 사람이 하나 있으니, 그는 곧 벙어리 삼룡이였다.

그렇게 예쁘고 유순하고 그렇게 얌전한, 벙어리의 눈으로 보아서는 감히 손도 대지 못할 만큼 선녀 같은 색시를 때리는 것은 자기의 생각으로는 도저히 풀 수 없는 의심이다.

보기에도 황홀하고 건드리기도 황홀할 만큼 숭고한 여자를 그렇게 학대한다는 것은 너무나 세상에 있지 못할 일이다. 자기는 주인 새서방에게 개나 돼지같이 얻어맞는 것이 마땅한 이상으로 마땅하지마는, 선녀와 짐승의 차가 있는 색시와 자기가 똑같이 얻어맞는 것은 너무 무서운 일이다. 어린 주인이 천벌이나 받지 않을까 두렵기까지 하였다.

어떠한 달밤, 사면은 고요 적막하고 별들은 드문드문 눈들만 깜박이며 반달이 공중에 뚜렷이 달려 있어 수은으로 세상을 깨끗하게 닦아낸 듯이 청명한데, 삼룡이는 검둥개 등을 쓰다듬으며 바깥마당 멍석 위에 비슷이 드러누워 하늘을 쳐다보며 생각하여 보았다.

주인 색시를 생각하면 공중에 있는 달보다도 더 곱고 별들보다도 더 깨끗하였다. 주인 색시를 생각하면 달이 보이고 별이 보이었다. 삼라만상을 씻어 내는 은빛보다도 더 흰 달이나 별의 광채보다도 그의 마음이 아름답고 부드러운 듯하였다. 마치 달이나 별이 땅에 떨어져 주인 새아씨가 된 것도 같고, 주인 새아씨가 하늘에 올라가면 달이 되고 별이 될 것 같았다.

더구나 자기를 어린 주인이 때리고 꼬집을 때 감히 입 벌려 말은 하지 못하나 측은하고 불쌍히 여기는 정이 그의 두 눈에 나타나는 것을 다시 생각할 때 그는 부들부들한 개 등을 어루만지면서 감격을 느꼈다. 개는 꼬리를 치며 자기를 귀여워하는 줄 알고 벙어리의 손을 핥았다.

삼룡이의 마음은 주인아씨를 동정하는 마음으로 가득 찼다. 또는 그를 위하여서는 자기의 목숨이라도 아끼지 않겠다는 의분[23]에 넘치었다. 그것은 마치 살구를 보면 입 속에 침이 도는 것같이 본능적으로 느껴지는 감정이었다.

4

새댁이 온 뒤에 다른 사람들은 자유로운 안 출입을 금하였으나 벙어리는 마치 개가 맘대로 안에 출입할 수 있는 것같이 아무 의심 없이 출입할 수가 있었다.

하루는 어린 주인이 먹지 않던 술이 잔뜩 취하여 무지한[24] 놈에게 맞아서 길에 자빠진 것을 업어다가 안으로 들여다 누인 일이 있었다.

그때에 아무도 안에 있지 않고 다만 새색시 혼자 방에서 바느질을 하고 있다가 이 꼴을 보고 벙어리의 충성된 마음이 고마워서, 그 후에 쓰던 비단 헝겊조각으로 부시쌈지[25] 하나를 만들어 준 일이 있었다.

이것이 새서방님의 눈에 띄었다. 그래서 색시는 어떤 날 밤 자던 몸으로 마당 복판에 머리를 푼 채 내동댕이가 쳐졌다. 그리고 온몸에 피가 맺히도록 얻어맞았다.

이것을 본 벙어리는 또다시 의분의 마음이 뻗쳐 올라왔다. 그래서 미친 사자와 같이 뛰어들어가 새서방님을 내어던지고 새색시를 둘러메었다. 그리고는 나는 수리와 같이 바깥 사랑 주인 영감 있는 곳으로 뛰어가 그 앞에 내려놓고 손짓과 몸짓을 열 번, 스무 번 거푸 하며 하소연하였다.

그 이튿날 아침에 그는 주인 새서방님에게 물푸레로 얼굴을 몹시 얻어맞아서 한쪽 뺨이 눈을 얼러서 피가 나고 주먹같이 부었다.

그 때릴 적에 새서방의 입에서 나오는 말은,

"이 흉측한 벙어리 같으니, 내 여편네를 건드려!"

하고 부시쌈지를 빼앗아 갈가리 찢어 뒷간에 던졌다.

"그리고 이놈아! 인제는 주인도 몰라보고 막 친다. 이런 것은 죽여야 해!"

하고 채찍으로 그의 뒷덜미를 갈겨서 그 자리에 쓰러지게 하였다.

벙어리는 다만 두 손으로 빌 뿐이었다. 말도 못하고 고개를 몇 백 번 코가 땅에 닿도록 그저 용서해 달라고 빌기만 하였다.

그러나 그의 가슴에는 비로소 숨겨 있던 정의감이 머리를 들기 시작하였다. 그는 아픈 것을 참아가면서도 북받치는 분노(심술)를 억제하였다.

그때부터 벙어리는 안채에 들어가지 못하였다. 이 들어가지 못하는 것이 더욱 벙어리로 하여금 궁금증이 나게 하였다. 그 궁금증이라는 것이 묘하게 빛이 변하여 주인아씨를 뵈옵고 싶은 감정으로 변하였다. 뵈옵지 못하므로 가슴이 타올랐다. 몹시 애상[26]의 정서가 그의 가슴을 저리게 하였다. 한 번이라도 아씨를 뵈올 수가 있으면 하는 마음이 나더니 그의 마음의 넋은 느끼기를 시작하였다. 센티멘털한 가운데에서 느끼는 그 무슨 정서는 그에게 생명 같은 희열을 주었다. 그것과 자기의 목숨이라도 바꿀 수 있을 것 같았다. 어떤 때는 그대로 대강이로 담을 뚫고 들어가고 싶도록 주인아씨를 뵈옵고 싶은 것을 꾹 참을 때도 있었다.

그 후부터는 밥을 잘 먹을 수가 없었다. 일도 손에 잡히지 않았다. 틈만 있으면 안으로만 들어가고 싶었다.

주인이 전보다 많이 밥과 음식을 주고 더 편하게 하여 주었으나 그것이 싫었다. 그는 밤에 잠을 자지 않고 집 가장자리를 돌아다녔다.

5

하루는 주인 새서방님이 술이 취하여 들어오더니, 집안이 수선수선하여지며 계집 하인이 약을 사러 갔다 들어오는 것을 보고 그 계집 하인을 붙잡았다. 그리고 무엇이냐고 물었다.

계집 하인은 한 주먹을 뒤통수에 대고 얼굴을 쓰다듬으며 둘째손가락을 내밀었다. 그것은 그 집 주인은 엄지손가락이요, 둘째손가락은 새서방이라는 뜻이요, 주먹을 뒤통수에 대는 것은 여편네라는 뜻이요, 얼굴을 문지르는 것은 예쁘다는 뜻으로 벙어리에게 쓰는 암호다.

그런 뒤에 다시 혀를 내밀고 눈을 뒤집어쓰는 형상을 하고 두 팔을 착 벌리고 뒤로 자빠지는 꼴을 보이니, 그것은 사람이 죽게 되었거나 앓을 적에 하는 말 대신의 손짓이다.

벙어리는 눈을 크게 뜨고 계집 하인에게 한 발짝 가까이 들어서며 놀라는 듯이 한참이나 있었다.

그의 가슴은 무섭게 격동하였다. 자기의 그리운 주인 아씨가 죽었다는 말이 아닌가, 그는 두 주먹을 마주 치며 한숨을 쉬었다. 그리고는 자기 방에 무엇을 생각하는 것처럼 두어 시간이나 두 눈만 껌벅껌벅하고 앉았었다.

그는 밤이 깊어 갈수록 궁금증 나는 사람처럼 일어섰다 앉았다 하더니 두 시나 되어서 바깥으로 나가서 뒤로 돌아갔다.

그는 도둑놈처럼 조심스럽게 바로 건넌방 뒤 미닫이 앞 담에 서서 주저주저하더니 담을 넘었다. 가까이 창 앞에 서서 문틈으로 안을 살피다가 그는 진저리를 치며 물러섰다.

어두운 밤에 그의 손과 발이 마치 그 뒤에 서 있는 감나무 잎같이 떨리더니 그대로 문을 박차고 뛰어들어갔을 때, 그의 팔에는 주인아씨가 한 손에는 기다란 명주 수건을 들고서 한 팔로 벙어리의 가슴을 밀치며 뻗디디었다.

벙어리는 다만 눈이 뚱그래서 '에헤' 소리만 지르고 그 수건을 뺏으려 애쓸 뿐이다.

집안이 야단났다.

"집안이 망했군!"

"어디 사내가 없어서 벙어리를!"

"어떻든 알 수 없는 일이야!"

하는 소리가 이 구석 저 구석에서 수군댄다.

6

그 이튿날 아침에 벙어리는 온몸이 짓이긴 것이 되어 마당에 거꾸러져 입에서 피를 토하며 신음하고 있었다. 그 곁에서는 새 서방이 쇠줄 몽둥이를 들고서 문초를 한다.

"이놈!"

하고는 음란한 흉내는 모조리 해 가며 건넌방을 가리킨다. 그러나 벙어리는 손을 내저을 뿐이다. 또 몽둥이에는 살점이 묻어 나왔다. 그리고 피가 흘렀다.

벙어리는 타들어가는 목으로 소리도 못 내며 고개만 내젖는다. 그는 피를 토하며 거꾸러지며 이마를 땅에 비비며 고개를 내흔든다. 땅에는 피가 스며든다. 새서방은 채찍 끝에 납 뭉치를 달아서 가슴을 훔쳐 갈겼다가 힘껏 잡아 뽑았다. 벙어리는 그대로 거꾸러지며 말이 없었다.

새서방은 그래도 시원치 못하였다. 그는 어제 벙어리가 새로 갈아 놓은 낫을 들고 달려왔다. 그는 그 시퍼렇게 날선 낫을 번쩍 들었다. 그래서 벙어리를 찌르려 할 때 벙어리는 한 팔로 그것을 받았고, 집안사람들은 달려들었다. 벙어리는 낫을 뿌리쳐 저리로 내던졌다.

주인은 집안이 망하였다고 사랑에 누워서 모든 일을 들은 체 만 체 문을 닫고 나오지를 아니하며, 집안에서는 색시를 쫓는다고 야단이다.

그날 저녁에 벙어리는 다시 끌려 나왔다. 그때에는 주인 새서

방이 그의 입던 옷과 신짝을 주며 눈을 부릅뜨고 손을 멀리 가리키며,

"가! 인제는 우리 집에 있지 못한다."

하였다. 이 소리를 듣는 벙어리는 기가 막혔다. 그에게는 이 집 외에 다른 집이 없다. 살 곳이 없었다. 자기는 언제든지 이 집에서 살고 이 집에서 죽을 줄밖에 몰랐다. 그는 새서방님의 다리를 껴안고 애걸하였다. 말도 못하는 것을 몸짓과 표정으로 간곡한 뜻을 표하였다. 그러나 새서방님은 발길로 지르고 사람을 불렀다.

"이놈을 좀 내쫓아라."

벙어리는 죽은 개 모양으로 끌려 나갔다. 그리고 대갈빼기를 개천 구석에 들이박히면서 나가곤드라졌다가 일어서서 다시 들어오려 할 때에는 벌써 문이 닫혀 있었다. 그는 문을 두드렸다. 그의 마음으로는 주인 영감을 찾았으나 부를 수가 없었다. 그가 날마다 열고 날마다 닫던 문이 자기가 지금은 열려고 하나 자기를 내쫓고 열리지를 않는다. 자기가 건사하고 자기가 거두던 모든 것이 오늘에는 자기의 말을 듣지 않는다. 어려서부터 지금까지 모든 정성과 힘과 뜻을 다하여 충성스럽게 일한 값이 오늘에는 이것이다.

그는 비로소 믿고 바라던 모든 것이 자기의 원수란 것을 알았다. 그는 모든 것을 없애버리고 자기도 또한 없어지는 것이 나은 것을 알았다.

그날 저녁 밤은 깊었는데 멀리서 닭이 우는 소리와 함께 개 짖

는 소리만이 들린다. 난데없는 화염[27]이 벙어리 있던 오 생원 집을 에워쌌다. 그 불을 미리 놓으려고 준비하여 놓았는지 집 가장자리로 쭉 돌아가며 흩어 놓은 풀에 모조리 돌라붙어[28] 공중에서 내려다보면 집의 윤곽이 선명하게 보일 듯이 타오른다.

불은 마치 피 묻은 살을 맛있게 잘라 먹는 요마(妖魔)[29]의 혓바닥처럼 날름날름 집 한 채를 삽시간에 먹어 버렸다. 이와 같은 화염 속으로 뛰어들어가는 사람이 하나 있으니 그는 다른 사람이 아니라 낮에 이 집을 쫓겨난 삼룡이다. 그는 먼저 사랑에 가서 문을 깨뜨리고 주인을 업어다가 밭 가운데 놓고 다시 들어가려 할 제, 그의 얼굴과 등과 다리가 불에 데어 쭈그러져 드는 것을 알지 못하였다.

그는 건넌방으로 뛰어들었다. 그러나 색시는 없었다. 다시 안방으로 뛰어들었다. 그러나 또 없고 새서방이 그의 팔에 매달리어 구원하기를 애원하였다. 그러나 그는 그것을 뿌리쳤다. 다시 서까래에 불이 시뻘겋게 타면서 그의 머리에 떨어졌다. 그러나 그는 그것을 몰랐다. 부엌으로 가 보았다. 거기서 나오다가 문설주가 떨어지며 왼팔이 부러졌다. 그러나 그것도 몰랐다. 그는 다시 광으로 가 보았다. 거기도 없었다. 그는 다시 건넌방으로 들어갔다. 그때야 그는 색시가 타 죽으려고 이불을 쓰고 누워 있는 것을 보았다. 그는 색시를 안았다. 그리고는 길을 찾았다. 그러나 나갈 곳이 없었다. 그는 하는 수 없이 지붕으로 올라갔다. 그는 비로소 자기의 몸이 자유롭지 못한 것을 알았다. 그러나 그는 자기가 여태까지 맛보지 못한 즐거운 쾌감을 자기의 가슴에 느

껴지는 것을 알았다. 색시를 자기 가슴에 안았을 때 그는 이제
처음으로 살아난 듯하였다.

그는 자기의 목숨이 다한 줄 알았을 때, 그 색시를 내려놓을
때는 그는 벌써 목숨이 끊어진 뒤였다. 집은 모조리 타고 벙어리
는 색시를 무릎에 뉘고 있었다. 그의 울분은 그 불과 함께 사라
졌을는지! 평화롭고 행복스러운 웃음이 그의 입 가장자리에 엷
게 나타났을 뿐이다.

행랑자식

나이는 열두 살.
보통학교 사학년 급에 다니는 진태라는 아이이니,
그 박 교장의 집 행랑아범의 아들이다.
왱왱 외던 글소리는
단 이 분이 못 되어 다시 사라졌다.
그리고는 동네집 시계가 열한 시를 치는 소리가
들리더니 사면은 고요하였다.

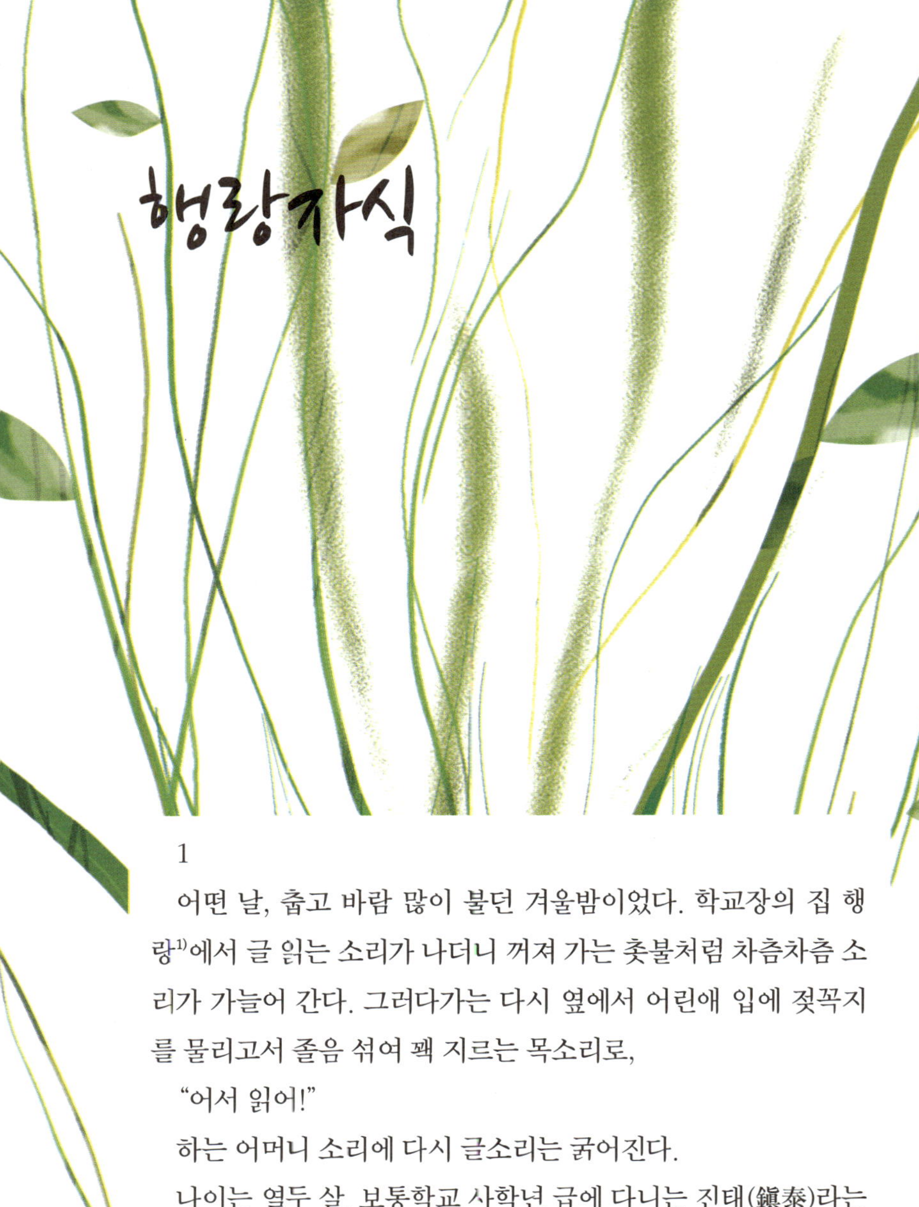

행랑자식

1

 어떤 날, 춥고 바람 많이 불던 겨울밤이었다. 학교장의 집 행랑[1]에서 글 읽는 소리가 나더니 꺼져 가는 촛불처럼 차츰차츰 소리가 가늘어 간다. 그러다가는 다시 옆에서 어린애 입에 젖꼭지를 물리고서 졸음 섞여 꽥 지르는 목소리로,

 "어서 읽어!"

 하는 어머니 소리에 다시 글소리는 굵어진다.

 나이는 열두 살. 보통학교 사학년 급에 다니는 진태(鎭泰)라는 아이이니, 그 박 교장의 집 행랑아범[2]의 아들이다.

왱왱 외던 글소리는 단 이 분이 못 되어 다시 사라졌다. 그리고는 동네집 시계가 열한 시를 치는 소리가 들리더니 사면은 고요하였다.

2

이튿날 날이 밝은 뒤에 보니까 온 마당, 지붕, 나뭇가지에 눈이 함박같이 쏟아졌다. 그런데 아직까지도 눈이 다 끝나지 않고 보슬보슬 싸래기눈이 내려온다.

진태는 문 뒤에 세워 놓았던 모지랑비[3]를 들고 나섰다. 처음에는 새로 빨아 펼쳐 놓은 하얀 요 위에 뒹구는 것처럼 몸 가볍고 마음 상쾌한 기분으로 빗자루를 들었으며, 모지랑비와 약한 자기 팔로써 능히 그 많은 눈을 쳐버릴 줄 알았으나 두어 삼태기[4]를 가까스로 퍼 버리고 나니까 팔이 떨어지는 것 같고 허리가 부러지는 듯하였다. 그러나 아니 칠 수는 없었다. 날마다 아침에 일어나서 마당을 쓰는 것이 자기의 직분[5]이다.

어머니는 안으로 밥을 지으러 들어가고, 아버지는 병문[6]으로 인력거를 끌러 나갔다.

한두 삼태기를 개천에 부은 후에 다시 세 삼태기를 들고서 낑낑하면서 개천으로 간다. 두 손끝은 눈에 녹아서 닭 튀[7]해 뜯을 때 발 허물 벗겨내듯 빠지는 듯하고 발끝은 저려서 토막을 내는 듯하다.

그는 발을 억지로 옮겨 놓았다. 눈이 든 삼태기가 자기를 끌고 가는 듯하였다. 그렇게 그가 길 중턱까지 갔을 때 그의 팔의 힘은 차차 없어지고 다리에 맥이 확 풀리었다. 그래서 그는 손에 들었던 눈 삼태기를 탁 놓치었다. 그러자 누구인지,

"이걸 좀 봐라."

하는 어른의 호령 소리가 바로 자기 머리 위에서 들리자 고개를 쳐들고 보니까 교장 어른이 아침 일찍이 어디를 다녀오시다가 발등에다가 눈을 하나 잔뜩 덮어쓰시고 역정 나신 얼굴로 자기를 내려다보고 계신다. 진태는 그만 얼굴이 홧홧해졌다. 그리고 아무 말도 못 하고 그대로 멀거니 서 있었다. 그는 무엇으로 그 미안한 것을 풀어야 좋을지 알지 못하였다. 그러다가 하얀 새 버선에 검은 흙이 섞인 눈이 묻어 있는 것을 보고서 자기의 손으로 그것을 털어 드리면 얼마간 자기의 죄가 용서되리라 하고서 허리를 구부려 두 손으로 그 버선등을 털어 드리려 하였다. 그러나 교장은 한 발을 탁 구르시더니,

"그만둬라. 더 더럽힌다."

하시고서,

"엥!"

하시며 안으로 들어가시었다. 진태는 무참하였다. 손에는 어제 저녁에 습자[8] 쓰다가 묻은 먹이 꺼멓게 묻어 있다. 털어드리면 잘못을 용서하실 줄 알았더니 더 더러워진다 핀잔을 주시고 역정을 더 내시는 것 같다. 그래서 그는 어떻게 해야 좋을지 알지 못하여 그대로 멀거니 서 있었다. 무안을 당하여 얼굴도 홧홧하고 두 손에서는 불이 난다.

그래서 그는 안으로 들어가지 못하고 행랑 자기 방으로 들어

가는데 안마루 끝에서 주인마님이,

"아, 그 애녀석도, 눈이 없던가? 왜 앞을 보지 못해?"

하는 소리를 듣고서는 쥐구멍으로라도 들어가 버리고 싶도록 온몸이 움츠러졌다. 그런데 또 자기 뒤로 따라 나오며 주먹을 들고서 때리려 덤비는 자기 어머니가,

"이 망할 녀석, 눈깔을 어따 팔아먹고 다니느냐?"

하고 덤비는 듯하므로 질겁을 하여 방 안으로 들어갔다.

아니나 다를까, 조금 있더니 보기 싫은 젖퉁이를 털럭털럭하면서 어머니가 쫓아 나왔다.

"이 망할 녀석, 눈깔이 없니? 나리마님 새 버선에다가 그것이 무엇이냐? 왜 그렇게 질뚱바리⁹냐, 사람의 자식이."

어머니는 그래도 말이 적었다. 그리고는 곧 다시 안으로······ 들어갔다.

진태는 간이 콩알만하게 무서운 것은 둘째 쳐놓고, 웬일인지 분한 생각이 난다. 아무리 생각을 해도 자기 잘못 같지는 않다. 자기가 눈 삼태기를 들고 가는데 교장 어른이 딴 생각을 하면서 오시다가 닥달린¹⁰ 것이지 자기가 한눈을 팔다가 그러한 것은 아니다.

그래서 웬일인지 호소할 곳이 없어 그는 그대로 방바닥에 엎드려졌다. 그리고는 고개를 두 팔로 얼싸안고 자꾸자꾸 울었다. 그는 눈물이 방바닥에 떨어지는 것을 알았다. 삿자리¹¹ 깐 밑으로 흙내가 올라오는 것을 맡았다. 그리고는 어머니도 걱정을 하고 아버지도 걱정을 할 터요, 더구나 아버지가 이것을 알면 돌짝

같은 손으로 얻어맞을 것을 생각하매 몸서리가 난다. 그는 신세 한탄할 문자를 모르고 말도 모른다. 어떻든 억울하고 분하였다. 그렇다고 어디 가서 호소할 데도 없었고 분풀이할 곳도 없었다.

그는 방바닥에 한참 엎드려서 느껴 가면서 울고 있을 때 방문이 펄쩍 열리었다. 그는 깜짝 놀랐으나 돌아다보지도 않았다. 그의 생각에는 그 문 여는 사람이 어머니려니 하였다. 그래서 약한 마음에 이렇게 우는 것을 보면 나를 위로하여 주려니 하였다. 그래서 어머니가 일어나라고 하기만 기다렸다.

그러나 한참 아무 소리가 없더니,

"애!"

하고 험상스럽게 부르는 사람은 자기 아버지다. 그는 위로를 받기는커녕 벼락이 내릴 것을 그 찰나에 예감하였다. 그는 눈물이 쏙 들어가고 온몸이 선뜩하였다.[12]

이번에는 꽥 지르는 소리로,

"애, 일어나거라, 이것아."

하는 아버지의 성난 얼굴이 엎드린 속으로 보인다. 그는 그러나 벌떡 일어나지는 못하였다. 자기 눈 가장자리에는 눈물이 묻었다. 그 눈물을 보면 반드시 그 우는 곡절을 물을 터이다. 그 대답을 하면 결국은 벼락이 내릴 터이다. 그래서 일어나지도 못하고 그대로 있지도 못하고 그의 가슴은 초조하였다.

두 발이 성큼 방 안으로 들어오는 듯하더니 무쇠 갈구리 같은 손이 자기 저고리 동정[13]을 꿰들어 번쩍 쳐들었다. 그는 쇠관에 매달린 쇠고기 모양으로 반짝 들리었다.

"울기는 왜 우니?"

하는 그의 아버지도 자식 우는 것을 볼 때 어떻든 그 눈물을 동정하는 자정(慈情)[14]이 일어나는지 목소리가 조금 낮아지며 또는 웃음이 섞이었으니 그것은 그 눈물나는 마음을 위로하려는 본능이다.

"왜 울어?"

대답이 없다.

"글쎄, 왜 우니?"

가슴이 타나 대답할 수는 없었다.

"엄마가 때려 주든?"

진태는 고개를 흔들며 느껴 울었다.

"그러면 왜 우니? 꾸지람을 들었니?"

"아……뇨."

진태는 다시 고개도 흔들지 않았다.

"그럼 왜 울어, 말을 해."

아버지는 화가 나는 것을 참았다.

"이 자식아! 말을 해라. 왜 벙어리가 되었니? 말이 없게!"

하고서는 무슨 생각을 하였는지 여러 번 타일러 보다가,

"웬일야!"

하고 혼잣말을 하더니 바깥으로 나간다. 그것은 근자에 볼 수 없는 늘어진 성미였다. 아마 어멈에게 물어 볼 작정이었던 것이다.

아범은 문 밖으로 나갔다. 그러더니 다시 들어오며,

"삼태기 어쨌니? 응, 삼태기?"

하며 안팎으로 들락날락하는 서슬에 안부엌에서 어멈이 설거지를 하면서,

"왜 아까 진태가 마당을 쓴다고 가지고 나갔는데……."

하고,

"걔더러 물어 보구려."

한다. 아범은 화가 나는 듯이,

"그런데 쭉쭉 울고 있으니 무엇이라고 그랬나?"

하며 어멈을 본다.

그러자 안마루에서 마님이 무엇을 보다가 운다는 소리를 듣더니 미안한 생각이 났던지,

"아까 눈인가 무엇인가 친다고 나리마님 발등에다가 눈을 쏟아뜨렸다네. 그래서 어멈이 말마디나 한 게지."

아범의 눈은 실룩해졌다. 그리고는 잡아먹을 짐승에게 덤비려는 호랑이 모양으로 고개가 쓱 내밀리더니 어깨가 으쓱 올라간다. 그리고는 아무 말 없이 바깥 행랑으로 나간다.

바깥으로 나온 아범은 다짜고짜로 방문을 열어 젖뜨렸다. 그의 생각에는 주인나리의 발등에 눈 엎은 것은 오히려 둘째이다. 삼태기 하나 잃어버린 것이 자기 자식을 쳐 죽이고 싶도록 아깝고 분하고 망할 자식이다.

"이 녀석."

자기 아들을 움켜잡았다.

"이리 나오너라."

진태는 두 손, 두 다리를 가슴에다 모으고서 발발 떨면서 자기 아버지만 쳐다본다.

"이 망할 자식, 울기는 애비를 잡아먹었니, 에미를 잡아먹었니. 식전 아침부터 훌쩍훌쩍 울게."

하더니 돌덩이 같은 주먹이 그의 등줄기를 보기 좋게 올리었다.[15]

"에그, 아버지! 에그, 아버지!"

하며 볶아치는 소리가 줄을 대어 나왔으나 그 뒷말은 없다. 매를 맞는 진태도 잘못했습니다를 조건 없이 할 수는 없었다.

"뭐야, 아버지? 이 녀석! 이 망할 자식."

하고서는 사정없이 들이찬다.[16]

울고, 호령하는 소리가 야단스럽게 나니까 어멈이 안에서 뛰어나오며,

"인제 고만두, 고만둬요. 요란스럽소."

하고 만류를 하나,

"이게 왜 이래. 가만있어. 저리 가요."

하고 팔꿈치로 뿌리치고는,

"이놈아! 그래 눈깔이 없어서 나리마님 버선에다가 눈을 들이부어 놓고, 또 무엇에 마음이 팔려서 삼태기를 밖에다가 놓아 두어 잃어버리게 했니? 응? 이 집안 망할 자식!"

아범의 손이 자기 아들의 볼기짝, 등어리, 넓적다리 할 것 없이 사정없이 때릴 때마다 어린 살에는 푸르게 멍이 들고 피가 맺힌다.

그럴 때마다 눈앞에서 자기 손에 매달려 애걸하는 자기 아들이 보이지 않고 안방 아랫목에 앉아 있는 주인나리가 보인다. 그리고는 자기 아들을 때리는 것 같지 않고 자기 주인나리를 욕하고 원망하고, 주먹질하고 싶었다.

"인제 그만 좀 두."

하는 어멈은 자식을 가로챘다. 그래 가지고는 다시 자기 아들을 껴안았다.

3

그날 해가 세 시나 넘어 네 시가 되었다. 진태는 학교에 다녀왔다. 앞대문을 들어오려다가 보니까 새로이 삼태기 하나를 사다 놓은 것이 눈에 띄었다. 싸리나무로 얽은, 늙고 붉은 삼태기를 볼 때 그의 매 맞은 자리가 다시 아프고 얼얼하다.

툇마루[17]에 걸터앉으니까 어머니는 상에다 밥을 차려 가지고 방으로 들어오라고 부른다. 방 안에는 모닥불이 재만 남았는데, 인두[18] 하나가 꽂혀 있고, 또는 다 삭은 화젓가락[19]과 부삽[20] 하나가 꽂혀 있다.

어머니는 누더기 천에다가 작년에 낳은 어린아이를 안고서 젖을 먹인다. 어린애는 젖꼭지를 물고서 입을 오물오물하면서 한 손으로 다른 쪽 젖꼭지를 만진다.

진태는 그 동생을 볼 때 말없이 귀여웠다. 그래서 손가락으로 볼따구니도 건드려 보고, 어꾸 어꾸 혓바닥 소리를 내어서 얼러 보기도 하였다.

어린애는 방싯 웃었다. 그리고는 젖꼭지를 쑥 빼고서 진태를
돌아다봤다.

어머니는 침착한 얼굴로 어린애의 손가락만 만지고 있더니,

"옜다."

하고 어린애를 내밀면서,

"좀 업어 주어라."

하고서 어린애를 곤두세운다. 그러자 진태는,

"밥도 안 먹고?"

하고 밥을 얼른 먹고서 어린애를 업었다. 그러나 진태의 집에
는 아직 밥을 짓지 않았다. 어머니는 안에 들어가 밥을 지으려
하기는 해도 우리 먹을 밥은 지으려 하지 않는다.

진태는 어머니가 안으로 들어간 후 어린애를 업고서 방 안으
로 왔다갔다하면서, 밥을 짓지 않으니 아마 쌀이 없나 보다 하였
다. 그리고는 아버지가 얼른 돌아와야 할 것이라 하였다.

진태는 뚫어진 창틈으로 바깥을 내다보면서 아버지가 혼자 인
력거[21]를 끌어서 쌀 팔 돈을 가지고 오지나 않나 하고서 고대하
였다.

그래도 미심하여서[22] 그는 쌀 넣어 두는 항아리를 들여다보았
다. 들여다보니까 겨 묻은 쌀바가지가 시꺼먼 항아리가 콩 빈 데
들어 있을 뿐이다. 진태는 힘없이 뚜껑을 덮고서 섭섭한 마음으
로 방 안을 왔다갔다하였다. 어린애는 등에서 꼼지락꼼지락하고
서 두 발을 비빈다.

"오늘도 또 밥을 하지 못하는구나."

하고서 펄떡펄떡하고 문을 열고 쪽마루로 내려왔다.

내려와서는 냄비가 걸려 있는 아궁이 밑을 보았다. 거기에는 타다 남은 푼거리[23] 장작이 두어 개 재 속에 남아 있다.

그는 다시 장작 갖다 놓아 두는 부엌 구석을 보았다. 거기에는 부스러기 나무도 없다.

바람은 쓸쓸스러운 행랑의 씻은 듯한 살림살이를 훑고 지나가고, 으슴츠름하게 어두워 가는 저녁날은 저녁 못 지을 것을 생각하고 섭섭한 감정을 머금은 진태의 어린 마음을 눈물나게 한다.

조금 있다가 어머니는 허둥지둥 나왔다. 아마 부엌에 불을 지피고 나온 모양이다. 진태의 눈에는 아궁이에서 타 나오는 장작불을 한 발로 툭툭 차 넣던 어머니의 짚신발이 보인다.

어머니는 나오면서 등에 업힌 어린애를 보더니,

"에그, 추워! 저런, 무엇을 좀 씌워 주려무나!"

하고서,

"남바위[24] 어쨌니? 손이 다 나왔구나."

하더니 방으로 들어가 진태가 돌에 쓰던 것이니까 십 년이나 되는 남바위를 들고 나온다. 털은 다 빠지고, 비단은 다 삭았다.

어머니는 그것을 어린애에게 씌워 주고 다시 문 밖을 내다보고 오 분이나 서 있었다. 진태는 그 서 있는 의미를 짐작하였다. 아버지 돌아오기를 기다리는 것이다.

그러다가 어머니는 갑자기 덜미에서 누가 딱 하고 놀라는 것처럼 깜짝 놀라며 다시 안으로 들어가려고 돌아섰다. 그때 진태는,

“저녁 하지 않우?”

하고서 어머니 뒤를 따라 들어갔다. 어머니는 화가 나고 초조하던 판에,

“밥도 쌀이 있고 나무가 있어야지!”

하고 소리를 꽥 지른다. 진태 잔등에 업혀 있던 어린애가 깜짝 놀라며 와아 운다.

진태는 어린애를 주춤주춤 추슬러 달래면서 아무 말 못하고 섰다.

어머니는 다시 안으로 들어갔다. 진태도 따라 들어갔다. 그리고는 부엌 앞에 앉아서 불을 넣고 앉았었다.

4

날이 어둡고 전깃불이 켜졌으나 밥을 짓지 못하였다.

그리고 아버지도 아직 돌아오지를 않는다. 진태 어머니는 상을 차려 드리고 바깥으로 나오려고 하니까, 마님이,

“어멈!”

하고 부르신다.

“예.”

하고서 어멈은 문을 열려다가 다시 돌아다보았다.

“오늘 저녁을 하였나?”

어멈은 조금 주저하다가,

“먹을 것 있어요.”

하고서 부끄러운 웃음을 웃었다.

"아범 들어왔나?"

"아직 안 들어왔에요."

"그럼 저녁도 짓지 못하였겠네그려."

어멈은 아무 말도 없었다. 마님은 벌써 알아채고서,

"그래서 되겠나? 어린것들이 견디겠나."

하고서,

"자, 이것이나……."

하고서 상 끝에 먹다 남은 밥을 이 그릇에서 저 그릇으로 모아 놓으면서,

"그놈도 들어오라구 그래. 불도 안 땐 모양이지? 추워서들 견디겠나. 어른은 괜찮겠지마는 어린애들이……."

하고서,

"어서 그놈도 들어오라고 해."

하며 어멈을 쳐다본다. 어멈은 다행히 여겨 바깥으로 나오며,

"애, 진태야!"

하며 진태를 부른다.

"왜 그러세요?"

진태는 문 밖에 섰다가 문 안으로 들어오며 묻는다.

"들어가자!"

"어디로?"

"안으로 말야. 마님이 밥 먹으러 들어오라신다."

진태의 얼굴은 당장에 새빨개지더니,

"왜 아버지 들어오시거든 밥을 지어 먹지."

“어디 들어오시니.”

“언제든지 들어오시겠지.”

“들어가. 부르시니.”

진태는,

“싫어요.”

하고서 돌아섰다. 진태의 마음에는 아까 아침에 나리의 버선을 더럽힌 것을 생각하며 다시 마님의 낯을 뵈옵기도 부끄럽거니와, 아무것도 잘못한 것이 없는데 아버지에게 매를 맞게 한 것이 분하기도 하였다. 그런데다가 안방에는 자기와 동갑 되는 교장의 딸이 자기와 같은 학교 여자부에 다니는데, 그 계집애 보기에 매 맞은 것이 부끄럽다.

“애! 나중에는 별소리를 다 듣겠네. 어서 들어가자.”

어머니는 재촉을 한다.

“어서 들어가.”

진태는 심술궂게,

“싫어요. 나는 밥 얻어먹으러 들어가기는 싫어요!”

하고 소리를 질렀다.

“빌어먹을 녀석, 기다리셔! 안에서……..”

“기다리시거나 말거나 나는 안 들어가요.”

어멈 마음에도 자기 아들의 말하는 것이 잘못이 아니었다. 그리고 꾸짖기는 고사하고 동정할 만한 일이었으나 그래도 당장에 배고파할 것과 또는 자기도 밥을 먹어야만 어린애 젖을 먹일 것이다. 그래서 자기 아들의 굳은 의지를 어머니 된 위력[25]으로 꺾지 않을 수 없었다.

"안 들어갈 터이냐?"

그 말을 듣고 부지깽이[26]를 찾는 척할 때 그는 웬일인지 하지 못할 짓을 하는 비애를 깨달았다.

"싫어요."

진태는 우는 소리로 거절하였다.

"싫으면 밥 굶을 터이냐?"

"굶어도 좋아요."

"어디 보자. 어린애나 이리 내라."

어린애를 안고서 어머니는 안으로 밥을 얻어먹으러 들어갔다. 그러나 진태는 방에 들어가 깜깜한 속에 드러누워 있었다.

그날 어째 그렇게도 싫고 분하고 쓸쓸한지 모르겠다. 어째 이런가 하는 생각이 난다. 그리고 아버지나 얼핏 들어왔으면 좋겠다 하였다.

십 분이 못 되어 어머니는 다시 나왔다.

"얘!"

하고 문을 열고 고개를 들이밀며,

"마님이 들어오라신다. 어서어서."

진태는 그대로 누운 채 다시 돌아누우며,

"싫어요, 안 들어가요."

"나리가 걱정하셔."

"싫어요, 글쎄."

어멈은 다시 들어갔다. 그리고 오 분이 못 되어 또 나오는 소

리가 들렸다. 그러더니 이번에는 문을 열고서,

"그럼 옛다!"

하고 무엇을 내민다.

진태는 방바닥이 차디차고 찬바람이 문틈으로 스쳐 들어오는 것을 막기 위하여 이불을 내리덮고 새우잠을 자다가 어머니 소리를 듣고서,

"무엇에요?"

하다가 얼른 목소리를 잡아당겼다.

"자! 밥이다. 먹고 드러누워라. 이 추운데 저것이 무슨 청승이냐."

진태는 온몸을 사를 듯이 부끄러운 감정이 확 흐르며,

"글쎄 싫다니까요. 안 먹어요. 먹기 싫어요!"

어머니는 들어왔다. 진태를 밀국수 방망이 밀듯이 흔들흔들 흔들면서 타이르고 간청하듯이,

"일어나거라, 응! 일어나."

진태는 더욱 담벼락으로 가까이 가며,

"싫어요! 나는 배고프지 않아요."

하고서 고개를 이불로 뒤집어쓰고 아무 말이 없다.

"그만두어라. 너 배고프지 나 배고프겠니?"

하고서 그대로 안으로 들어가려 할 때,

"엣 추워!"

하고서 들어오는 사람은 자기 아버지다. 어멈과 아범은 맞닥 뜨렸다.

“이건 눈깔이 빠졌나. 엑구 시—.”

하며 아범이 소리를 질렀다.

“어두워서 보이지를 않는구려.”

하고서 여성답게 미안한 어조로 어멈은 말을 한다. 이 한 번 맞닥뜨린 것이 빈손으로 들어오는 자기 남편을 몰아세울 만한 용기를 꺾어 버렸고, 주머니 속이 비어 있는 아범은 또한 큰소리를 할 만한 용기를 줄게 하였다.

“어떻게 되었소?”

“무엇이 어떻게 돼? 큰일 났어, 큰일! 벌이가 있어야지. 저녁은 어떻게 했나?”

“여보! 그 정신 나간 소리는 좀 두었다 하우. 무엇으로 저녁을 해요?”

아범은 아무 소리 못 하고 방 안으로 들어갔다. 진태는 일어나 앉았다. 그리고는 속으로 반갑기는 고사하고 한 가닥의 희망까지 끊어져 버렸다.

“그럼 어떻게 하나?”

아범은 불 켤 것도 생각지 않고서 한탄을 한다.

“그래 한 푼도 없소?”

“아따, 이 사람, 돈 있으면 막걸리 먹었게.”

막걸리라는 소리가 어멈의 성미를 거웠다.

“막걸리가 무어요? 어린 자식들은 추운 방에서 배들이 고파서 덜덜 떠는데 그래도 막걸리요? 그렇게 막걸리가 좋거든 막걸리 장수 마누라나 하나 데리고 살거나 막걸리 독에 가서 거꾸로 박

히구려. 그저 막걸리, 막걸리 하니 언제든지 막걸리 신세를 갚고
야 말 터이야, 저러다가는……."

"글쎄 그만둬요. 또 여우 모양으로 톡톡거려. 엥, 집에 들어오
면 여편네 꼴 보기 싫어서."

하고 입맛을 쩍쩍 다신다.

진태는 옆에서 그 꼴만 보다가 불을 켜고 있었다.

"그럼 저녁을 먹어야지."

하고서 아범은 꽤 시장한 모양으로 없는 궁리를 하려 하나 아
무 궁리도 없다.

"이것이나 먹구려."

하고 어멈은 진태를 주려고 국에다 만 밥을 내놓으니까,

"그게 무어야?"

하고 숟가락으로 두어 번 떠먹어 보더니,

"너 저녁 먹었니?"

하고서 진태를 돌아다본다. 진태는 말을 할래야 할 수도 없거
니와, 말하기도 전에 어멈이,

"안 먹었다우."

하고 진태를 책망도 하고 원망도 하는 듯이 흘겨보았다.

"왜?"

하고 아범은 숟가락을 든 채로 그대로 있다.

"누가 알우, 먹기 싫다는 것을."

"그럼 배고프겠구나."

하고서 밥그릇을 내놓으면서,

“좀 먹으련?”

하니까, 진태는,

“싫어요.”

하고서 멀리 피해 앉는다.

“왜 그러니?”

“먹을 마음이 없어요.”

삼십 분쯤 지났다.

“진태야! 진태야!”

하고 부른다. 진태는 그 부르는 어조가 너무 은밀한 듯하므로,

“네.”

대답 한 번에 바깥으로 나갔다. 어머니는 대문간에 손에다가 무엇인지 가느다란 것을 쥐고 서 있다.

“저……”

하고 어머니는 헝겊에 싼 그것을 풀더니,

“이것 가지고 전당국[27]에 가서 칠십 전이나 팔십 전만 달래 가지고 싸전[28]에 가 쌀 다섯 홉만 팔고, 나무 열 냥 어치만 사 가지고 오너라.”

한다. 진태는 얼른 알아채었다. 옳지, 은비녀로구나. 자기 집 안에 값진 것이라고는 어머니 시집올 때 가지고 온 그 비녀 하나 하고 굵다란 은가락지뿐이다.

진태는 그것을 받아들었다. 그리고는 전당국을 향하여 간다. 전당국이 잡화상 옆에 있는 것이 제일 가깝고, 조금 내려가면 이발소 윗집이 전당국이다. 그러나 첫째 집은 가지 못한다. 그것은

그 전당국 주인의 아들이 자기하고 같은 학교를 다니니까 만일 들키면 창피할 것이요, 부끄러울 것이다. 그래서 그 집을 남겨 놓고 먼 저 아래 전당국으로 가리라 하였다. 그는 팔짱을 끼고 웅숭그리고서[29] 전당국으로 들어가려 하니까 어째 누가 손가락질을 하는 것 같고 구차함을 비웃는 듯하다. 그리고 그 전당국 주인까지도 자기의 구차한 것을 호령이나 할 듯이 싫을 것 같다.

그러나 눈 딱 감고 들어가려 하는데, 문간에다가 기중[30]이라 써 붙이고 문을 닫아 버렸다.

'기중.'

사람이 죽었구나 하고서 생각하니, 그 몇 분 동안에 자기 마음이 긴장되었던 것은 풀려진다.

그러면 이번에는 하는 수 없이 그 동무 아버지의 전당국으로 가야 하겠다.

한 발자국이라도 더디게 떼어 놓아 그 전당국으로 들어설 때 가슴은 거북하고 머리에는 열이 올라와서 흐리멍덩하다.

기웃이 들여다보니까 아무도 없다. 혹시 동무 학동이나 만나지 않을까 하였더니 사무 보는 어른이 한 분 앉아 있고 아무도 없어 아주 다행이다.

그는 정거장 표 파는 데처럼 철망으로 얽고 또 비둘기장 구멍처럼 뚫어 놓은 곳으로 은비녀를 디밀었다. 신문을 보던, 사무 보는 어른이 한번 흘겨보더니,

"무엇이냐?"

하고서 소리를 꽥 지른다.

“이것 잡으세요?”

하는 소리는 떨리고 가늘었다. 사무 보는 이는 아무 말 없이 그것을 받아들더니 저울에다가 달아 본다.

진태는 속마음으로 만일 저것을 잡지 않으면 어떻게 하나? 나쁜 짓이라고 퇴짜를 하면 어떻게 하나 하고 있을 때,

“얼마나 쓰련?”

하고 돈을 묻는다. 그는 겨우 안심을 하고서 돈 말하려다가 자기가 부르는 돈보다 적게 주면 어떻게 하나 하고서 도리어 그이더러,

“얼마나 나가요?”

하고 물었다. 그는 한참 있더니,

“일 원이다.”

한다. 그러면 자기 어머니가 얻어 오라는 것보다는 삼사십 전이 더하다. 그는 겨우 안심을 하고서,

“칠십 전 주세요.”

하였다.

“네 이름이 무엇이냐?”

전당표에 이름이 씌어지는 것은 좋지 못하나 하는 수 없이 이름을 대었다.

사무 보는 이가 전당표를 쓰는 동안에 진태는 왔다갔다하였다. 그리고서 남에게는 전당 잡으러 온 체하지 않으려고 사면을 둘러보며 군소리를 하였다.

진태가 바깥을 내다볼 때 누구인지 덜미에서,

“진태냐?”

하는 어린애 소리가 들렸다. 그는 얼른 돌아다보니까 거기에는 그 집 주인의 아들이 반가이 맞으며,

“어째 왔니?”

하며 나온다. 진태는 달아나고 싶었다. 그리고는 될 수만 있으면 돈도 그만두고 피해 가고 싶었다.

“내일 산술 숙제 했니?”

어쩌면 그렇게 다정하게 둘으랴? 그러나 진태는,

“아니.”

하고서 고개를 내저었다. 그의 얼굴은 진홍빛같이 붉어졌다.

“얘, 큰일났다. 나는 조금도 할 수가 없어!”

그의 말소리는 진태의 귀에 조금도 안 들린다. 내일 숙제는 그만두고 내일 학교에 가면 반드시 여러 동무들이 흉들을 볼 터이요, 또는 놀려댐을 당할 것이다. 그리고 그의 앞에는 커다란 수남이가 보이며, 장난의 괴수요 핀잔 잘 주고 못살게 굴기 잘 하는 그 불량한 학생이 보인다.

전당표와 돈을 받아들었다. 이제는 싸전으로 갈 차례다. 석 되나 닷 되나 한 말 쌀을 파는 것은 오히려 자랑거리지만 다섯 홉은 참으로 팔기가 부끄럽다. 구차한 것이 죄악은 아니지만 진태에게는 죄지은 것처럼 부끄럽다. 그는 싸전에 가서 종이 봉지에 쌀 다섯 홉을 싸 들었다. 첫째 싸전쟁이가,

“왜 전대[31]를 가지고 오지 않았어?”

꽥 소리를 한번 지르더니 딴사람의 쌀을 다 퍼 주고야 종이 봉

지 하나가 아까운 듯이 가까스로 다섯 홉 한 되를 퍼주었다.

돈을 주고 나왔다. 쌀 든 손은 얼어서 떨어지는 듯하다. 한 손으로 귀를 녹이고 또 한 손으로는 번갈아 가며 쌀 봉지를 들었다.

이번에는 나무가게로 갈 차례다. 나무가게로 갔다. 이십 전어치를 묶었다. 그것을 새끼에다 질빵³²⁾을 지어서 둘러메고 쌀은 여전히 옆에다 끼었다. 한길로 고개를 숙이고 가다가는 어깨가 아프고 손, 발, 귀가 시려서 잠깐 쉬다가 저쪽을 보니까 자기 집 들어가는 골목을 조금 못 미쳐서 학교 선생님 한 분이 오신다.

진태는 얼핏 일어났다. 그리고 선생님이 골목까지 오시기 전에 먼저 그 골목으로 들어가야 하겠다 하였다. 그리고는 줄달음질하였다. 선생님은 아무것도 둘러메시었을 리가 없으므로 걸음이 속하시다. 자기는 힘에 겨운 것을 둘러메었으니 걸음도 더디다. 거의 선생님과 맞닥뜨리게 되었다. 그래서 앞도 보지 않고 골목으로 뛰어들어가다가 거기서 나오는 사람과 마주쳤다.

“에쿠!”

하면서 손에 들었던 쌀이 모두 흩어지고 나무는 어깨에 멘 채 나가자빠졌다.

“이 망할 집 자식, 눈깔이 없니?”

하고 들여다보는 그이는 자기 아버지다. 진태는 그래도 뒤를 돌아다보았다. 벌써 선생님은 본체만체 지나가 버리셨다.

“이 망할 자식아, 쌀을 이렇게 흩트려서 어떻게 해?”

하며 아버지는 두 손으로 껌껌한 데서 그것을 쓸어서 바지 앞에다 담는다.

진태는 멍멍히 서 있다가 아버지에게 끌려 집으로 들어갔다.

집에 들어가니까 어머니가 얼마나 받았으며, 얼마나 썼으며, 얼마나 남았느냐고 묻는다. 진태는 그 소리를 듣고서 전당표를 주었다.

그리고는 자세한 이야기를 하였다.

그러나 어머니는 진태의 잘잘못을 따지지 않았다. 유일한 보물을 전당을 잡혀서 팔아 온 쌀까지 땅에다 엎질러 버린 것을 생각하면 그대로 있을 수 없을 만큼 아깝고 분하다. 그래,

"이 망할 녀석, 먹으라는 밥을 먹지 않아서 밥이나 먹고 자라고 하랬더니……."

하고서 주먹을 들고 덤벼들며,

"어디 좀 맞아 보아라!"

하고서 또다시 덤벼든다. 진태는 아무것도 변명하지 않았다. 그러나 하루에 두 번씩 매를 맞게 되니까, 무엇이 원망스럽고 또 무엇을 저주하고 싶었으나 그것이 무엇인지 알지 못하였다. 그래서 그는 한참 얻어맞고 혼자 울었다. 그는 위로해 주는 사람 하나 없고 쓰다듬어 주는 사람 하나 없었다.

그는 방구석에 틀어박혀서 한참 울다가 그대로 잠이 들었다. 억울한 꿈을 꾸면서……

물레방아

쏼 쏼 쏼, 구슬이 되었다가 은가루가 되고
댓줄기같이 뻗치었다가 다시 쾅쾅 쏟아져
청룡이 되고 백룡이 되어 용솟음쳐 흐르는 물이
저쪽 산모퉁이를 십 리나 두고 돌고,
다시 이쪽 들 복판을 오 리쯤 꿰뚫은 뒤에
이방원이가 사는 동네 앞 기슭을 스쳐 지나가는데
그 위에 물레방아 하나가 놓여 있다.

1

　덜컹덜컹 홈통[1]에 들었다가 다시 쏟아져 흐르는 물이 육중한 물레방아를 번쩍 쳐들었다가 쿵 하고 확[2] 속으로 내던질 제 머슴들의 콧소리는 허연 것가루[3]가 켜켜 앉은 방앗간 속에서 청승스럽게 들려 나온다.

　쏼 쏼 쏼, 구슬이 되었다가 은가루가 되고 댓줄기[4]같이 뻗치었다가 다시 쾅쾅 쏟아져 청룡이 되고 백룡이 되어 용솟음쳐 흐르는 물이 저쪽 산모퉁이를 십 리나 두고 돌고, 다시 이쪽 들 복판을 오 리쯤 꿰뚫은 뒤에 이방원(李芳源)이가 사는 동네 앞 기슭을 스쳐 지나가는데 그 위에 물레방아 하나가 놓여 있다.

　　물레방아에서 들여다보면 동북간으로 큼직한 마을이 있으니 이 마을에서 가장 부자요, 가장 세력이 있는 사람인 그의 이름을 신치규(申治圭)라고 부른다. 이방원이라는 사람은 그 집의 막실(幕室)살이[5]를 하여 가며 그의 땅을 경작하여 자기 아내와 두 사람이 그날그날을 지내 간다.

　　어떤 가을 밤 유난히 밝은 달이 고요한 이 촌을 한적하게 비출 때 그 물레방앗간 옆에 어떤 여자 하나와 어떤 남자 하나가 서서 이야기를 하는 소리가 들리었다.

　　그 여자는 방원의 아내로 지금 나이가 스물두 살, 한참 정열에 타는 가슴으로 가장 행복스러울 나이의 젊은 여자요, 그 남자는 오십이 반이 넘어 인생으로서 살아올 길을 다 살고서 거의거의 쇠멸[6]의 구렁텅이를 향하여 가는 늙은이다.

　　그의 말소리는 마치 그 여자를 달래는 것같이,

　　"얘, 내 말이 조금도 그를 것이 없지? 쉰네 할멈에게도 자세한 말을 들었을 테지만 너, 생각해 보아라. 네가 허락만 하면 무엇이든지 네가 하고 싶다는 것을 내가 전부 해줄 테란 말이야. 그까짓 방원이 녀석하고 네가 몇 백 년 살아야 언제든지 막실 구석을 면하지 못할 테니…… 허허, 사람이란 젊어서 호강해 보지 못하면 평생 한번 해 보지 못하고 죽을 것이 아니냐. 내가 말하는 것이 조금도 잘못한 것이 없느니라! 대강 네 말을 쉰네 할멈에게서 듣기는 들었으나 그래도 너에게 한번 바로 대고 듣는 것만 못해서 이리로 만나자고 한 것이다. 네 마음은 어떠냐? 어디 허허, 내 앞이라고 조금도 어떻게 알지 말고 이야기해 봐, 응?"

이 늙은이는 두말할 것 없이 신치규다. 그는 탐욕스러운 눈으로 방원의 계집을 들여다보며 한 손으로 등을 두드린다.

새침한 얼굴이 파르족족하고 길다란 눈썹과 검푸른 두 눈 가장자리에 예쁜 입, 뾰로통한 뺨이며 콧날이 오똑한 데다가 후리후리한 키에 떡 벌어진 엉덩이가 아무리 보더라도 무섭게 이지적(理智的)[7]인 동시에 또는 창부형(娼婦型)[8]으로 생긴 것이다.

계집은 아무 말이 없이 서서 짐짓 부끄러운 태[9]를 지으며 매혹적인 웃음을 생긋 웃고는 고개를 돌렸다. 그 웃음이 얼마나 짐승 같은 신치규의 만족을 사게 되었으며, 또한 마음을 충족시켰는지 희끗희끗한 수염이 거의 계집의 뺨에 닿도록 더 가까이 와서,

"응? 왜 대답이 없니? 부끄러워서 그러니? 그렇게 부끄러워할 일은 아닌데."

하고 계집의 손을 잡으며,

"손도 이렇게 예쁜 줄 이제까지 몰랐구나. 참 분결같다. 이렇게 얌전히 생긴 애가 방원 같은 천한 놈의 계집이 되어 일평생을 그대로 썩는다는 것은 너무 가엾고 아깝지 않으냐? 애."

계집은 몸을 돌리려고 하지도 않고 영감이 하는 대로 내버려두며 눈으로 땅만 내려다보고 섰다가 가까스로 입을 떼는 듯하더니,

"제 말야 모두 쉰네 할멈이 여쭈었지요. 저에게는 너무 분수에 과한 말씀이니까요."

"온, 천만에 소리를 다 하는구나. 그게 무슨 소리냐. 너도 알다시피 내가 너를 장난삼아 그러는 것도 아니겠고 후사(後嗣)[10]가

없어 그러는 것이니까 네가 내 아들이나 하나 낳아 주렴. 그러면 내 것이 모두 네 것이 되지 않겠니? 자아, 그러지 말고 오늘 허락을 하렴. 그러면 내일이라도 방원이란 놈을 내쫓고 너를 불러들일 테니."

"어떻게 내쫓을 수가 있어요?"

"허어, 그것이 그리 어려울 것이 뭐 있니. 내가 나가라는데 제가 나가지 않고 배길 줄 아니?"

"그렇지만 너무 과하지 않을까요?"

"무엇? 그런 생각을 하니까 네가 이 모양으로 이때까지 있었지. 어떻단 말이냐? 그런 것은 조금도 염려하지 말구. 자아, 또 네 서방에게 들킬라, 어서 들어가자."

"먼저 들어가세요."

"왜?"

"남이 보면 수상히 알게요."

"뭘, 나하고 가는데 수상히 알 게 뭐야…… 어서 가자."

계집은 천천히 두어 걸음을 따라가다가,

"영감!"

하고 머춤하고[11] 서 있다.

"왜 그러니?"

계집은 다시 말없이 서 있다가,

"아니에요."

하고,

"먼저 들어가세요."

하며 돌아선다. 영감이 간이 달아서[12) 계집의 손을 잡으며,

"가자, 집으로 들어가자."

그의 가슴은 두근거리는지 숨소리가 잦아진다. 계집은 손을 빼려고 하며,

"점잖으신 어른이 이게 무슨 짓이에요."

하면서도 그의 몸짓에는 모든 것을 허락한다는 뜻이 보였다. 영감은 계집의 몸을 끌어안더니 방앗간 뒤로 돌아 들어섰다. 계집은 영감 가슴에 안겨 정욕이 가득 찬 눈으로 그를 보면서,

"영감."

말 한마디 하고 침 한 번 삼키었다.

"영감이 거짓말은 안 하시지요?"

"아니."

그의 말은 떨렸다. 계집은 영감의 팔을 한 손으로 잡고, 또 한 손으로는 방앗간 속을 가리켰다.

"저리로 들어가세요."

영감과 계집은 방앗간에서 이삼십 분 후에 다시 나왔다.

2

사흘이 지난 뒤에 신치규는 방원이를 자기 집 사랑 마루 앞으로 불렀다.

"예."

방원은 상전이라 고개를 숙이고,

"예."

공손하게 대답을 하였다.

"네가 그간 내 집에서 정성스럽게 일을 한 것은 고마운 일이지마는……."

점잔과 주짜를 빼면서 신치규는 말을 꺼내었다. 방원의 가슴은 이 '마는' 이라는 말 뒤에 이어질 말을 미리 깨달은 듯이 온몸의 피가 가슴으로 모여드는 듯하더니 다시 터럭이라는 터럭은 전부 거꾸로 일어서는 듯하였다.

"오늘부터는 우리 집에 사정이 있어 그러니 내 집에 있지 말고 다른 곳에 좋은 곳을 찾아가 보아라."

아무 조건이 없다. 또한 이곳에서도 할 말이 없다. 죽으라고 하면 죽는 시늉이라도 해야 하는 것이다. 주인은 돈 가지고 사람을 사고 팔 수도 있는 것이다.

방원은 가슴이 답답하였다. 자기 혼잣몸 같으면 어디 가서 어떻게 빌어먹더라도 살 수가 있지만 사랑하는 아내를 구해 갈 길이 막연하다. 그는 고개를 굽히고, 허리를 굽히고, 나중에는 마음을 굽히어 사정도 하여 보고 애걸도 하여 보았다. 그러나 그것은 헛된 일이다. 주인의 마음은 쇠나 돌보다도 더 굳었다.

그는 하는 수 없이 자기 아내에게 그 이야기를 하였다. 그리고 아내더러 안주인 마님께 사정을 좀 하여 얼마간이라도 더 있게 해 달라고 하여 보라고 하였다. 그러나 아내는 방원의 말을 들을 리가 없었다. 도리어,

"그러면 어떻게 한단 말이오. 이제부터는 나를 어떻게 먹여 살릴 테요?"

"너는 그렇게 먹고 살 수가 없을까 봐 겁이 나니?"

"겁이 나지 않고. 생각을 해 보구려. 인제는 꼼짝할 수 없이 죽지 않았소?"

"죽어?"

"그럼 임자가 나를 데리고 이곳까지 올 때에 무어라고 하였소. 어떻게 해서든지 너 하나야 먹여 살리지 못하겠느냐고 하셨지요?"

"그래."

"그래, 얼마나 나를 잘 먹여 살리고 나를 호강시켰소? 이때까지 이태나 되도록 끌고 돌아다닌다는 것이 남의 집 행랑[13]이었지요."

"얘, 그것을 네가 모르고 하는 말이냐? 내가 하려고 하지 않아서 그렇게 된 것이냐? 차차 살아가는 동안에 무슨 일이든지 생기겠지. 설마 요대로 늙어 죽기야 하겠니?"

"듣기 싫소! 뿔 떨어지면 구워 먹지 어느 천년에."

방원이는 가뜩이나 내쫓기고 화가 나는데 계집까지 그러하니까 속에서 열화가 치밀어 올라 왔다.

"이 육시[14]를 하고도 남을 년! 넌 왜 남의 마음을 글컹거리니[15]?"

"왜 사람에게 욕을 해!"

"이년아, 욕 좀 하면 어떠냐?"

"왜 욕을 해!"

계집의 얼굴이 노래지며 대든다.

“이년이 발악인가?”

“누가 발악야. 계집년 하나 건사[16] 못하는 위인이 계집보고 욕만 하고, 한 게 뭐야? 그래 은가락지 은비녀나 한 벌 사주어 보았어? 내가 임자 하자고 하는 대로 하지 않은 것은 없지!”

“이년아! 은가락지 은비녀가 그렇게 갖고 싶으냐? 이 더러운 년아.”

“무엇이 더러워? 너는 얼마나 정한[17] 놈이냐!”

계집의 입 속에서는 ‘놈’ 소리가 나오기 시작한다.

“이년 보게! 누구더러 놈이래.”

하고 손길이 계집의 낭자[18]를 후려잡더니 그대로 집어들고 주먹으로 등줄기를 우리었다.

“이 주릿대를 안길[19] 년!”

발길이 엉덩이를 두어 번 지르니까 계집은 그대로 거꾸러졌다가 다시 일어났다. 풀어 헤뜨린 머리가 치렁치렁 끌리고 씰룩한 눈에는 독기가 섞이었다.

“왜 사람은 치니? 이놈! 죽여라 죽여. 어디 죽여 보아라. 이놈, 나 죽고 너 죽자!”

하고 달려드는 계집을 후려쳐서 거꾸러뜨리고서,

“이년이 죽으려고 기를 쓰나!”

방원이가 계집을 치는 것은 그것이 주먹을 가지고 하는 일종의 농담이다. 그는 주먹이나 발길이 계집의 몸에 닿을 때 거기에 얻어맞는 계집의 살이 아픈 것보다 더 찌르르하게 가슴 복판을 찌르는 아픔을 깨닫는 것이다. 홧김에 계집을 치는 것이 실상은 자기의 마음을 자기의 이빨로 물어뜯는 것이나 다름이 없는 것이다. 때리는 그에게는 몹시 애처로움이 있고 불쌍함이 있는 것이다. 그러나 자기의 화풀이를 받아 주는 사람은 아직까지도 계집밖에는 없었다. 제일 만만하다는 것보다도 가장 마음 놓고 화풀이할 수 있음이다. 싸움한 뒤 하루가 못 되어 두 사람이 베개를 나란히 하고 서로 꼭 끼고 잘 때에는 그렇게 고맙고 그렇게 감격이 일어나는 위안이 또다시 없음이다. 계집을 치고 화풀이를 하고 난 뒤에 다시 가슴을 에는 듯한 후회와 더 뜨거운 포옹으로 위로를 받을 그때에는 두 사람 아니라 방원에게는 그만큼 힘 있고 뜨거운 믿음이 또다시 없는 까닭이다.

계집은 일부러 소리를 높여 꺼이꺼이 운다.

온 마을 사람들이 거의 귀를 기울였으나,

"응, 또 사랑싸움을 하는군!"

하고 도리어 그 싸움을 부러워하였다. 옆집 젊은것이 와서 싱글싱글 웃으며 들여다보며,

"인제 고만두라구."

하며 말리는 시늉을 한다. 동네 아이들만 마당 앞에 죽 늘어서서 눈들이 뚱그래서 구경을 한다.

3

그 날 저녁에 방원이는 술이 얼근하여 들어왔다. 아까 계집을 차던 마음은 어느덧 풀어지고 술로 홍분된 마음에 그는 계집의 품이 몹시 그리워져서 자기 아내에게 사과를 할 마음까지 생기

었다. 본시 사람이 좋고 마음이 약하고 다정한 그는 무식하게 자라난 까닭에 무지한 짓을 하기는 하나, 그것은 결코 그의 성격을 말하는 무지함이 아니다.

그는 비척거리면서 집으로 향하는 길에 게슴츠레하게 풀린 눈을 스르르 내리감고 혼잣소리로,

"빌어먹을 놈! 나가라면 나가지 무서운가? 제 집 아니면 살 곳이 없는 줄 아는 게로군! 흥, 되지 않게 다 무엇이냐? 돈만 있으면 제일이냐? 이놈, 네가 그러다가는 이 주먹맛을 언제든지 볼라. 그대로 곱게 돼질 줄 아니?"

하고, 개천 하나를 건너뛴 후에,

"돈! 돈이 무엇이냐?"

한참 생각하다가,

"에후."

한숨을 쉬고 나서,

"돈이 사람을 죽이는구나! 돈! 돈! 흥, 사람 나고 돈 났지, 돈 나고 사람 났니?"

또 징검다리를 비척비척하고 건넌 뒤에,

"고 배라먹을 년이 왜 그렇게 포달[20]을 부려서 장부의 마음을 긁어 놓아!"

그의 목소리에는 말할 수 없이 다정한 맛이 있었다. 그는 자기 계집을 생각하면 모든 불평이 스러지는 듯이 숙였던 고개를 쳐들어 하늘을 보면서,

"허어, 저도 고생은 고생이지."

하고 다시 고개를 숙인 후,

"내가 너무해. 너무 그럴 거 아닌데."

그는 자기 집에 와서 문고리를 붙잡고 흔들면서,

"애! 자니. 자?"

그러나 대답이 없고 캄캄하다.

"이년이 어디를 갔어!"

그는 문짝을 부서져라 하고 닫은 후에 다시 길거리로 나와 그 옆집으로 가서,

"여보 아주머니! 우리 집 색시 어디 갔는지 보았소!"

밥들을 먹는 옆엣집 내외는,

"어디서 또 취했소그려! 애 어머니가 아까 머리단장을 하더니 저 방아께로 갑디다."

"방아께로?"

"네."

"빌어먹을 년! 방아께로는 뭘 먹으러 갔누!"

다시 혼자 방아를 향하여 가면서 혼자 중얼거린다.

그는 방앗간을 막 뒤로 돌아서자 신치규와 자기 아내가 방앗간에서 나오는 것을 보았다.

"아!"

그는 너무 뜻밖의 일이므로 아무 말도 하지 못하고 그대로 한참이나 멀거니 서서 보기만 하였다.

그의 눈에서는 쌍심지가 거꾸로 섰다. 열이 올라와서 마치 주홍을 칠한 듯이 그의 눈은 붉어지고 번개 같은 광채가 번뜩거렸

다.

그는 한참이나 사지를 떨었다. 두 이가 서로 맞춰서 달그락달그락하여졌다. 그의 주먹은 부서질 것같이 단단히 쥐어졌다.

계집과 신치규는 방원이와 선 것을 보고서 처음에는 조금 간담이 서늘하여졌으나 다시 태연하게 내려앉았다. 일이 이렇게 되었으매 할대로 하라는 뜻이다.

방원은 달려들어서 계집의 팔목을 잡았다. 그리고 이를 악물고 부르르 떨었다.

"나는 네가 이럴 줄은 몰랐다."

계집은,

"무얼 이럴 줄 몰라?"

하며, 파란 눈을 흘겨보더니,

"나중에는 별꼴을 다 보겠네. 으레 그럴 줄을 인제 알았나? 놔요! 왜 남의 팔을 잡고 요 모양야. 오늘부터는 나를 당신이 그리 함부로 하지는 못해요! 더러운 녀석 같으니! 계집이 싫다고 그러면 국으로[21] 물러갈 일이지 이게 무슨 사내답지 못한 일야! 놔요!"

팔을 뿌리쳤으나 분노가 전신에 가득 찬 그는 그렇게 쉽게 손을 놓지 않았다.

"애! 네가 이것이 정말이냐?"

"정말이 아니구, 비싼 밥 먹고 거짓말할까?"

"네가 참으로 환장을 했구나!"

"아니, 누구더러 환장을 했대? 온 기가 막혀 죽겠지! 놔요! 놔!

왜 추근추근하게 이 모양야? 놔."

하고서 힘껏 뿌리치는 바람에 계집의 손이 쑥 빠지었다. 계집은 손목을 주무르면서 암상맞게 돌아섰다.

이때까지 이 꼴을 멀찍이 서서 보고 있던 신치규는 두어 발자국 나서더니 기침 한번을 서투르게 하고서,

"애! 네가 술이 취하였으면 일찍 들어가 자든지 할 것이지 웬 짓이냐? 네 눈깔에는 아무것도 보이는 것이 없단 말이냐? 너희 연놈이 싸우는 것은 너희 연놈이 어디든지 가서 할 일이지 여기 누가 있는지 없는지 눈깔에 보이는 것이 없어?"

"엣, 괘씸한 놈!"

눈깔을 부라리었다. 방원은 한참이나 쳐다볼 뿐 말이 없었다. 생각대로 하면 한 주먹에 때려 눕힐 것이지마는, 그러나 그의 머리 속에는 아까까지의 상전이라는 관념이 남아 있었다. 번갯불같이 그 관념이 그의 입과 팔을 얽어 놓았다. 어려서부터 오늘날까지 남을 섬겨 보기만 한 그의 마음은 상전이라면 모두 두려워하는 성질이 깊이깊이 뿌리를 박아 놓았다. 그러나 오늘부터는 신치규가 자기의 상전이 아니요, 자기가 신치규의 종도 아니다. 다만 똑같은 사람으로 마주 섰을 뿐이다. 아니다. 지금부터는 신치규도 방원의 원수였다. 그의 간을 씹어 먹어도 오히려 나머지 한이 있는 원수다.

신치규는 똑바로 쳐다보는 방원을 마주 쳐다보며,

"똑바로 쳐다보면 어쩔 테냐? 온, 세상이 망하려니까 별 해괴한 일이 다 많거든. 어째, 이놈아!"

"이놈아?"

방원은 한 걸음 들어섰다. 나무같이 힘센 다리가 성큼하고 나설 때 신치규는 머리끝이 으쓱하였다. 쇠몽둥이 같은 두 주먹이 쑥 앞으로 닥칠 때 그의 가슴은 덜컥 내려앉았다.

"네 입에서 이놈이라는 소리가 나오니? 이 사지를 찢어발겨도 오히려 시원치 못할 놈아! 네가 내 계집을 빼앗으려고 오늘 날더러 나가라고 그랬지?"

"어허, 이거 그놈이 눈깔이 삐었군, 애, 나는 먼저 들어가겠다. 너는 네 서방하구 나중 들어오너라!"

신치규는 형세가 위험하니까 슬금슬금 꽁무니를 빼려고 돌아서서 들어가려 했다. 방원은 돌아서는 신치규의 멱살을 잔뜩 쥐어 한 팔로 바싹 치켜들고,

"이놈 어디를 가? 네가 이때까지 맛을 몰랐구나!"

하며, 한번 집어쳐 땅바닥에다가 태질을 한 뒤에 그대로 타고 앉아서 목줄띠를 누르니까, 마치 뱀이 개구리 잡아먹을 적 모양으로 깩깩 소리가 나며 말 한마디 못한다.

"이놈, 너 죽고 나 죽으면 고만 아니냐?"

하고 방원은 주먹으로 사정없이 닥치는 대로 들이댄다. 나중에는 주먹이 부족하여 옆에 있는 모루돌멩이를 집어서 죽어라 하고 내리친다. 그의 팔, 그의 몸에 끓어오르는 분노가 극도에 달하자 사람의 가슴 속에 본능적으로 숨어 있는 잔인성이 조금도 남지 않고 그대로 나타났다. 그의 눈은 마치 펄떡펄떡 뛰는 미끼를 가로채고 앉은 승냥이나 이리와 같이 뜨거운 피를 보고

야 만족하다는 듯이 무섭게 번쩍거렸다. 그에게는 초자연의 무서운 힘이 그의 팔과 다리에 올라왔다.

이 꼴을 보는 계집은 무서웠다. 끔찍끔찍한 일이 목전[22]에 생길 것이다. 그의 맥이 풀린 다리는 마음대로 놓여지지 않았다.

"아! 사람 살류! 사람 살류!"

적적한 밤중에 쓸쓸한 마을에는 처참한 여자 목소리가 으스스하게 울리었다. 이 소리를 들은 방원은 더욱 힘을 주어서 눈을 딱 감고 죽어라 내리 짓찧었다. 뼈가 돌에 맞는 소리가 살이 얼크러지는 소리와 함께 퍽퍽 하였다. 피 묻은 돌이 여기저기 흩어지고 갈가리 찢긴 옷에는 살점이 묻었다.

동네편 쪽에는 수군수군하더니 구둣소리가 나며 칼 소리가 덜거덕거렸다. 방원의 머리에는 번갯불같이 무엇이 보이었다. 그는 손에 주먹을 쥔 채 잠깐 정신을 차려 그쪽으로 귀를 기울였다.

'순검.'

그는 신치규의 배를 타고 앉아서 순검의 구둣소리를 듣자 비로소 자기가 무슨 짓을 하였는지 깨달았다.

그는 미친 사람처럼 일어났다. 그리고는 옆에 서서 벌벌 떠는 계집에게로 갔다.

"얘! 가자! 도망가자! 너하고 나하고 같이 가자! 자, 어서, 어서!"

계집은 자기에게 또 무슨 일이 있을까 해 겁내어 도망하려 한다. 방원은 계집을 따라가며,

"애! 애! 네가 이렇게도 나를 몰라주니? 내가 너를 어떻게 생각하는지 알지를 못하니? 자! 어서, 도망가자, 어서 어서, 뒤에서 순검이 쫓아온다."

계집은 그대로 서서 종종걸음을 치며,

"싫소! 얻자나 가구려, 나는 싫어요, 싫어."

"가자, 응! 가!"

그는 미친 사람처럼 계집의 팔을 붙잡고 끌었다. 그때 누구인지 그의 두 팔을 마치 형틀에 매다는 것같이 꽉 뒤로 끼어 안는 사람이 있었다.

"이놈아! 어디를 가?"

그는 뒤를 돌아보지 않고도 그가 누구인지 알았다. 그는 온몸에 맥이 풀리어 그대로 뒤로 자빠지려 할 때 어느덧 널판 같은 주먹이 그의 뺨을 사정없이 갈겼다.

"정신 차려!"

"네."

그는 무의식적으로 고개가 숙여지고 말소리가 공손하여졌다.

땅바닥에서는 신치규가 꿈지럭거리며 이리저리 뒹군다. 청승스러운 비명이 들린다. 방원은 포승[23] 지인 채, 계집은 그대로 주재소로 끌려가고, 신치규는 머슴들이 업어 들였다.

4

석 달이 지났다. 상해죄[24]로 감옥에서 복역을 하던 방원은 만기가 되어 출옥을 하였다. 그러나 신치규는 아무 일 없이 자기 집에서 치료하고 방원의 계집을 데려다 산다. 신치규는 온몸이 나은 뒤에 홀로 생각하였다.

'죽는 줄만 알았더니 그래도 이렇게 살아 있으니!'

하고, 얼굴에 흠이 진 곳을 만져 보며,

'오히려 그놈이 그렇게 한 것이 나에게는 다행이지, 얼굴이 아프기는 좀 하였으나! 허어.'

'어떻게 그놈을 떼어 버릴까 하고 그렇지 않아도 걱정을 하던 차에 잘 되었지. 그놈, 한 십 년 감옥에서 콩밥을 먹었으면 좋겠다.'

방원은 감옥에서 생각하기를, 나가기만 하면 연놈을 죽여 버리고 제가 죽든지 요정[25]을 내리라 하였다.

집에서 내쫓기고 계집까지 빼앗기고, 그것을 생각하면 이가 갈리고 치가 떨리었다. 그것이 모두 자기의 돈 없는 탓인 것을 생각하매 더욱 분한 생각이 났다.

'에이 더러운 년!'

그는 홍바지에 쇠사슬을 차고서 일을 할 때에도 가끔 침을 땅에다 뱉으면서 혼자 중얼거렸다.

'사람이 이러고서야 살아서 무엇하나. 멀쩡한 놈이 계집 빼앗기고 생으로 콩밥까지 먹으니……'

그가 감옥에서 나올 때에는 감옥소를 다시 한 번 돌아보고, 내가 여기서 마지막으로 목숨을 잃어버리든지, 그렇지 않으면 내가 내 손으로 내 목을 찔러 죽든지, 무슨 요정이 날 것을 생각하고, 다시 온몸에 힘을 주고 쓸쓸한 웃음을 웃었다.

그는 이백 리나 되는 길을 걸어서 계집이 사는 촌에를 왔다.

그러나 아무도 그를 아는 체하는 사람이 없었다. 전에 친하게 지내던 사람들도 그를 보고 피해 갔다.

마치 문둥병자나 마찬가지 대우를 하였다. 감옥에서 나온 뒤로부터는 더욱 세상이 차디차졌다. 자기가 상상하던 것보다도 더 무정하여졌다. 그는 하는 수없이 밤이 될 때까지 그 근처 산속으로 돌아다녔다. 그러다가 깊은 밤에 촌으로 내려왔다. 그는 그 방앗간을 다시 지나갔다. 석 달 전 생각이 났다. 자기가 여기서 잡혀갔다는 것을 생각할 때 더욱 억울하고 분한 생각이 치밀어 올라왔다. 그는 한참이나 거기 서서 그때 일을 생각하고 몸서리를 친 후에 다시 그 전 집을 찾아갔다.

날이 몹시 추워지고 눈이 쌓였다. 입은 옷은 가을에 입고 감옥에 들어갔던 그것이므로 살을 에는 듯하였으나 그는 분한 생각과 흥분된 마음에 그것도 몰랐다.

'연놈을 모두 처치를 해 버려?'

혼자 속으로 궁리를 하다가,

'그렇지, 그까짓 것들은 살려 두어야 쓸데없는 인생들이야.'

하면서 옆구리에 지른[26] 기름한[27] 단도를 다시 만져 보았다. 그는 감격스런 마음으로 그것을 쓰다듬었다.

그는 신치규의 집 울[28]을 넘어 들어갔다. 그의 발은 전에 다닐 적같이 익숙하였다. 그는 사랑을 엿보고 다시 뒤로 돌아서 건넌방 창 밑에 와 섰다. 귀를 기울였으나 아무 말도 들리지 않았다. 그는 손에 칼을 빼 들었다. 그리고는 일부러 뒤 창문을 달각달각

흔들었다.

"그 뉘?"

하고 계집의 머리가 쑥 나오며 문이 열리었다. 그는 얼른 비켜섰다. 문은 다시 닫혀지고 계집은 들어갔다.

방원의 마음은 이상하게 동요가 되었다. 예쁜 계집의 목소리가 오래간만에 귀에 들릴 때, 마치 자기가 감옥에서 꿈을 꿀 적 모양으로 요염하고도 황홀하게 그의 마음을 꾀는 것 같았다. 그는 꿈 속에서 다시 만난 것 같고 오래간만에 그를 만나보매 모든 결심은 얼음같이 녹는 듯하였다. 그래도 계집이 설마 나를 영영 잊어버리랴 하고 옛날의 정리를 생각할 때 그것이 거짓말이 아니고 무엇이냐는 생각이 났다.

아무리 자기를 감옥에까지 가게 하였다 하더라도 그는 감히 칼을 들어 죽이려는 용기가 단번에 나지 않아서 주저하기 시작하였다.

'아니다, 다시 한 번만 물어보자!'

그는 들었던 칼을 다시 집고 생각하였다.

'거짓말이다. 거짓말이다! 그럴 리가 없다.'

그는 반신반의하였다.

'그렇다. 한 번만 다시 물어보고 죽이든 살리든 하자!'

그는 다시 문을 달각달각하였다. 계집은 이번에도 다시 문을 열고 사면을 둘러보더니 헌 짚신짝을 신고 나왔다.

"뉘요?"

그는 방원이 서 있는 집 모퉁이를 돌아서려 할 제,

"내다!"

하고, 입을 틀어막고 칼을 가슴에 대었다.

"떠들면 죽어!"

방원은 계집의 입을 수건으로 틀어막고 결박[29]을 한 후 들쳐 업고서 번개같이 달음질쳤다.

그는 어느 결에 계집을 업어다가 물레방아 앞에 내려놓은 후 결박을 풀었다. 그리고 한숨을 쉬었다.

"나를 모르겠니?"

캄캄한 그믐밤에 얼굴을 바짝 계집의 코앞에 들이대었다. 계집은 얼굴을 자세히 보더니,

"아 —."

소리를 지르더니 뒤로 물러섰다.

"조금도 놀랄 것이 없다. 오늘 네가 내 말을 들으면 살려줄 것이요, 그렇지 않으면 이거야!"

하고 시퍼런 칼을 들이대었다. 계집은 다시 태연하게,

"말요? 임자의 말을 들을 것 같으면 벌써 들었지요, 이때까지 있겠소? 임자도 나의 마음을 알지요. 임자와 나와 이년 전에 이곳으로 도망해 올 적에도 전 남편이 나를 죽이겠다고 허리를 찔러 그 흠이 있는 것을 날마다 밤에 당신이 어루만졌지요. 내가 그까짓 칼쯤이 무서워서 나 하고 싶은 것을 못한단 말이오? 힝, 이게 무슨 비겁한 짓이오. 사내자식이. 자! 찌르려거든 찔러 보아요. 자, 자."

계집은 두 가슴을 벌리고 대들었다. 방원은 너무 계집의 태도

가 대담하므로 들었던 칼이 도리어 뒤로 움찔할 만큼 기가 막혔다. 그는 무의식중에,

"정말이냐?"

하고 한 걸음 더 가까이 나섰다.

"정말이 아니고? 내가 비록 여자이지마는 당신같이 겁쟁이는 아니라오! 이것이 도무지 무엇이오?"

계집은 그래도 두려웠던지 방원의 손에 든 칼을 뿌리쳐 땅에 떨어뜨렸다.

이 칼이 땅에 떨어지자 방원은 이때까지 용사와 같이 보이던 계집이 몹시 비겁스럽고 더러워 보이어 다시 칼을 집어들고 덤비었다.

"에잇! 간사한 년! 어쩔 테냐? 나하고 당장에 멀리 가지 않을 테냐? 자아, 가자!"

그는 눈물이 어린 눈으로 타일러 보기도 하고 간청도 하여 보았다.

"자아, 어서 옛날과 같이 나하고 멀리멀리 도망을 가자! 나는 참으로 내 칼로 너를 죽일 수는 없다!"

계집의 눈에는 독이 올라왔다. 광채가 어두운 밤에 번개같이 번쩍거리며,

"싫어요. 나는 죽으면 죽었지 가기는 싫어요. 이제 나는 고만 그렇게 구차하고 천한 생활을 다시 하기는 싫어요. 고만 물렸어요."

"너의 입으로 정말 그런 말이 나오느냐? 너는 나를 우리 고향

에 다시 돌아가지도 못하게 만들어 놓고, 나의 모든 것을 다 잃어버리게 한 후에 또 나중에는 세상에서 지옥이라고 하는 감옥소에까지 가게 하였지! 그러고도 나의 맨 마지막 원을 들어주지 않을 테냐?"

"나는 언제든지 당신 손에 죽을 것까지도 알고 있소! 자! 오늘 죽으나 내일 죽으나 언제든지 죽기는 일반[30], 이렇게 된 이상 어서 죽이시오."

"정말이냐? 정말이야?"

"정말요!"

계집은 결심한 뜻을 나타내었다. 방원의 손은 떨리었다. 그리고 그는 눈을 감고,

"에이, 여우 같은 년!"

하고 칼끝을 계집의 옆구리를 향하여 힘껏 밀었다. 계집은 이를 악물고,

"사람 죽인다!"

소리 한 번에 그 자리에 거꾸러졌다. 칼자루를 든 손이 피가 몰리는 바람에 우루루 떨리더니 피가 새어 나왔다. 방원은 그 칼을 빼어들더니 계집 위에 거꾸러져서 가슴을 찌르고 절명하여[31] 버렸다.

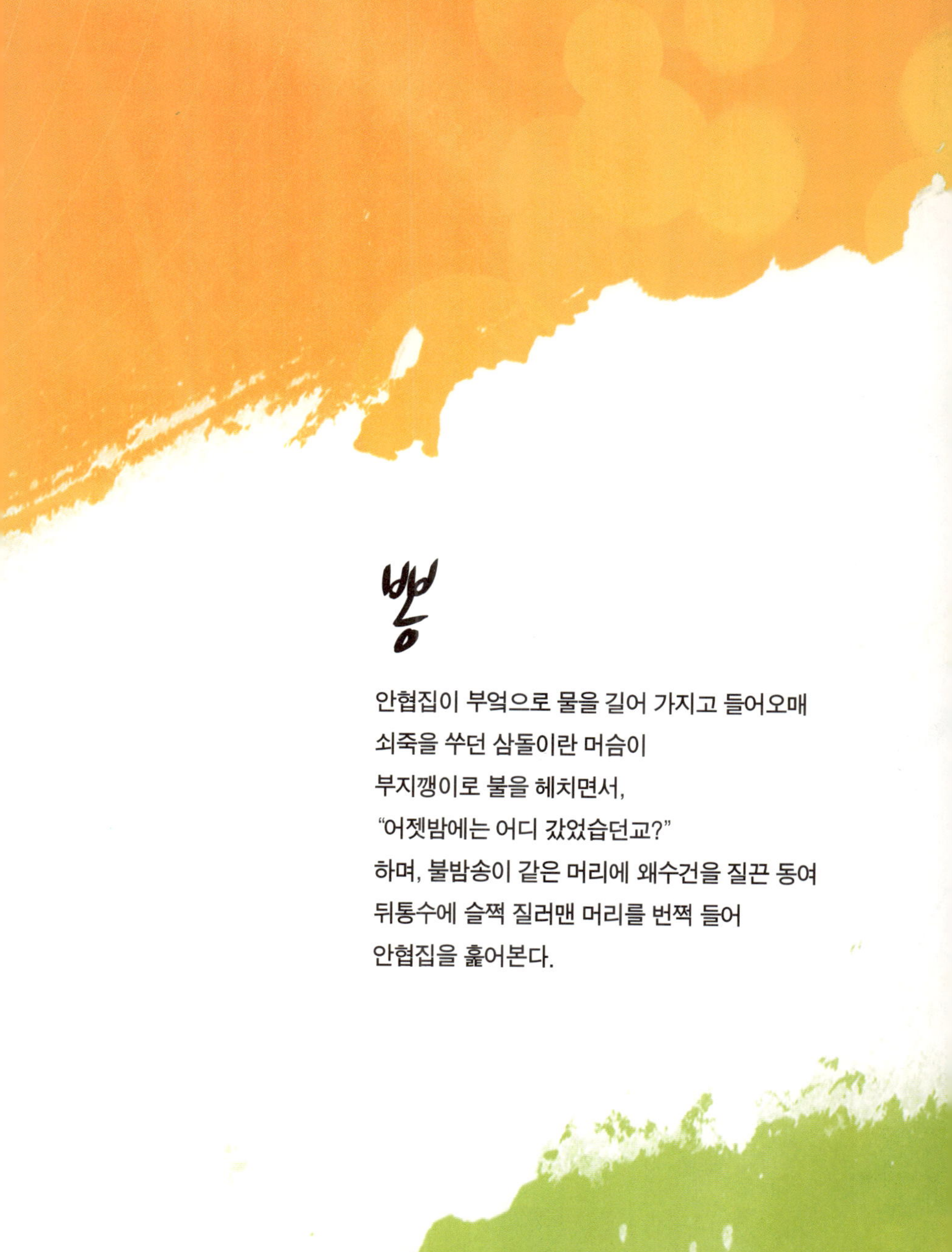

뽕

안협집이 부엌으로 물을 길어 가지고 들어오매
쇠죽을 쑤던 삼돌이란 머슴이
부지깽이로 불을 헤치면서,
"어젯밤에는 어디 갔었습던교?"
하며, 불밤송이 같은 머리에 왜수건을 질끈 동여
뒤통수에 슬쩍 질러맨 머리를 번쩍 들어
안협집을 훑어본다.

1

안협집이 부엌으로 물을 길어 가지고 들어오매 쇠죽을 쑤던 삼돌이란 머슴이 부지깽이로 불을 헤치면서,

"어젯밤에는 어디 갔었슨던교?"

하며, 불밤송이 같은 머리에 왜수건[1]을 질끈 동여 뒤통수에 슬쩍 질러맨 머리를 번쩍 들어 안협집을 흘어본다.

"남 어데 가고 안 가고 님자가 알아 무엇할 게요?"

안협집은 별 꼴사나운 소리를 듣는다는 듯이 암상스러운[2] 눈을 흘겨보며 톡 쏴 버린다.

조금이라도 염량[3]이 있는 사람 같으면 얼굴빛이라도 변하였을 것 같으나 본시 계집의 궁둥이라면 염치없이 추근추근 쫓아다니며 음흉한 술책을 부리는 삼십이나 가까이 된 노총각 삼돌이는 도리어 비웃는 듯한 웃음을 웃으면서,

"그리 성낼 게야 무엇 있습나? 어젯밤 안쥔 심바람[4]으로 님자 집을 갔었으니깐두루 말이지."

하고 털 벗은 송충이 모양으로 군데군데 꺼칫꺼칫하게 난 수염을 숯검정 묻은 손가락으로 두어 번 쓰다듬었다.

"어젯밤에도 김 참봉 아들네 사랑방에서 자고 왔습네그려."

삼돌이는 싱긋 웃는 가운데에도 남의 약점을 쥔 비겁한 즐거움이 나타났다.

"무엇이 어쩌고 어째, 이 망나니 같은 놈……."

하는 말이 입 바깥까지 나왔던 안협집은 꿀꺽 다시 집어삼키면서,

"남 어데 가 자든 말든 상관할 것이 무엇인고!"

하며, 물동이를 이고서 다시 나가려 하니까,

"흥! 두고 보소. 가만 있을 줄 알았다가는……."

"듣기 싫어! 별 꼬락서니를 다 보겠네."

2

강원도 철원(鐵原) 용담(龍潭)이라는 곳에 김삼보(金三甫)라는 자가 있으니, 나이는 삼십오륙 세나 되었고, 키는 작달막하여 목은 다가붙고 얼굴빛은 노르께하며 언제든지 가죽창 박은 미투

리에 대갈 편자[5]를 박아 신고 걸음을 걸을 적마다 엉덩이를 내저 으므로 동리에서는 그를 '땅딸보 김삼보', '아편쟁이 김삼보', '오리 궁둥이 김삼보'라고 부르는데 한 달에 자기 집에 붙어 있는 날이 이틀이라면 꽤 오래 있는 셈이요, 하루라면 예사다. 그리고는 언제든지 나돌아다니므로 몇 해 전까지도 잘 알지 못하였으나 차차 동리서 소문이 돌기를 '노름꾼 김삼보'라는 말이 퍼지자 점점 알아본즉 딴은 강원도, 황해도, 평안도 접경을 넘어 다니며 골패, 투전으로 먹고 지내는 것이 알려지게 되었다.

그 노름꾼 김삼보의 여편네가 아까 말하던 안협집이니 안협 (安峽)은 즉 강원, 평안, 황해, 삼도 품에 있는 고읍(古邑)의 이름이다.

그 안협집을 김삼보가 얻어 오기는 지금으로부터 오 년 전, 안협집이 스물한 살 되던 해인데 어떻게 해서 얻었는지 자세히는 알지 못하나 사람들의 말을 들으면 술 파는 것을 눈을 맞추어서 얻었다고 하기도 하고, 계집이 김삼보에게 반해서 따라왔다기도 하고, 또는 그런 것 저런 것도 아니라 계집의 전남편과 노름을 해서 빼앗았다고 하는데 위인 된 품으로 보아서 맨 나중 말이 가장 유력할 것 같다고 동리 사람들이 말을 한다.

처음에 안협집이 동리에 오자 그 동리 그 또래 계집들은 모두 석경을 들여다보게 되었다. 안협집이 비록 몸은 그리 귀하게 태어나지 못하였으나 인물이 남달리 고운 점이 있어, 동리 젊은것들이 암연히[6] 부러워도 하고 질투도 하게 되고 또는 석경 속에 비친 자기네들의 예쁘지 못한 얼굴을 쥐어뜯고 싶기도 하였으니

지금까지 '나만한 얼굴이면' 하는 자만심이 있던 젊은 계집들에게 가엾게도 자가결함(自家缺陷)이 폭로되는 환멸을 느끼게 하기까지도 하였다.

그러나 촌구석에서 아무렇게 자란 데다가 먼저 안 것이 돈이었다.

'돈만 있으면 서방도 있고 먹을 것, 입을 것이 다 있지.'

하는 굳은 신조는 자기 목숨을 내어놓고는 무엇이든지 제공하여 부끄러운 것이 없었다.

십오륙 세 적, 참외 한 개에 원두막 속에서 총각 녀석들에게 정조를 빌린 것이나, 벼 몇 섬, 돈 몇 원, 저고릿감 한 벌에 그것을 빌리는 것이 분량과 방법이 조금 높아졌을 뿐이요 그 관념은 동일하였다.

그리하여 이곳으로 온 뒤에도 동리에서 돈푼이나 있고 얌전한 젊은 사람은 거의 다 한 번씩은 후려내었으니 그것은 남자 편에서 실없는 짓 좋아하는 이에게 먼저 죄가 있다 하는 것보다도 이쪽 안협집에게 그 책임이 더 있다고 할 수 있고, 또 그것보다 더 큰 죄는 그 남편 되는 노름꾼 김삼보에게 있다고 할 수가 있으니, 그것은 남편 노름꾼이 한 달에 한 번을 올까말까 하면서도 올 적에는 빈손을 들고 오는 때가 많으니 젊은 계집 혼자 지낼 수가 없으매 자연히 이 집 저 집 동리로 다니며 품방아도 찧어 주고 김도 매주고 진일도 하여 주며 얻어먹다가 한번은 어떤 집 서방님에게 실없은 짓을 당하고 나니 쌀말과 피륙⁷⁾필을 받아 보니 그것처럼 좋은 벌이가 없어 차츰차츰 이번에는 자기가 스스로 벌이를 시작하여 마치 장사하는 사람이 거래 단골을 트듯이, 이 사람 저 사람을 집어먹기 시작하더니 그것도 차차 눈이 높아지니까 웬만한 목도꾼[8] 패장[9]이나 장돌림,[10] 조금 올라서서 순사 나리쯤은 눈으로 거들떠보지도 않게 되고, 적어도 그곳에서는 돈푼도 상당하고 여간해서 손아귀에 들지 않는다는 자들을 얼러보기 시작하게 되었던 것이다.

그 후부터는 일하지 않고 지내며 모양내고 거드름 부리고 다니는데 자기 남편이 오면은,

"이번에는 얼마나 땄습노?"

하고 포르께한[11] 눈을 사르르 내리뜬다.

"딴 게 뭔가, 밑천까지 올렸네."

삼보는 목 뒤를 쓰다듬으며 입맛을 다신다. 그러면 안협집은 전에 없던 바가지를 긁으며,

"불알 두 쪽을 달구서 그래, 계집만두 못하다는 말요?"

하고서, 할 말 못할 말을 불어서 풀을 잔뜩 죽여 놓은 뒤에는 혹시 서방이 알면 경[12]이 내릴까 하여 노자랑 밑천 푼을 주어서 배송[13]을 낸다. 그러면 울며 겨자 먹기로 삼보는 혼자 한숨을 쉬면서,

"허허, 실상 지금 세상에는 섣부른 불알보다는 계집 편이 훨씬 나니라."

하고 봇짐을 짊어지고 가버린다.

3

이렇게 이삼 년을 지내고 난 어떤 가을에 삼돌이란 놈이 그 뒷집 머슴으로 왔는데, 놈이 어느 곳에서 어떻게 빌어먹던 놈인지는 모르나 논맬 때 콧소리나마 아르렁타령 마디나 똑똑히 하고 술잔이나 먹을 줄 알며, 동료들 가운데 나서면 제법 구변[14]이나 있는 듯이 떠들어 젖히는 것이 그럴 듯하고 게다가 힘이 세어서 송아지 한 마리 옆에 끼고 개천 뛰기는 밥 먹듯 하는 까닭에 동리에서는 호랑이 삼돌이로 이름이 높다.

놈이 음침하여 오던 때부터 동리 계집으로 반반한 것은 남모르게 모두 건드려 보았으나 안협집 하나가 내내 말을 듣지 않으므로 추근추근 귀찮게 구는데, 마침 여름이 되어 자기 집 주인 마누라가 누에를 놓고 혼자는 힘이 드니까 안협집을 불러서 같이 누에를 길러 실을 낳거든 반분[15]하자는 약속을 한 후 여름 내같이 누에를 치게 된 것을 알고 어떤 틈 기회만 기다리며,

'흥, 계집년이 배때가 벗어서[16] 말쑥한 서방님만 얼르더라. 어디 두고 보자. 너도 깩소리 못 하고 한번 당해야 할 걸! 건방진 년!'

하고는 술잔이나 취하면 주먹을 들었다 놓았다 한다.

그러자 주인 마누라가 치는 누에가 거의 오르게 되자 뽕이 떨어졌다. 자기 집 울타리에 심은 뽕은 어림도 없이 다 따다 먹이었고, 그 후에는 삼돌이란 놈을 시켜서 날마다 십 리나 되는 건넛말 일갓집 뽕을 얻어다 먹이었으나 그것도 이제는 발가숭이가 되게 되었다.

인제는 뽕을 사다 먹이는 수밖에 없게 되었다. 그러나 사다가 먹이자면 돈이 든다.

주인 노파는 담뱃대를 물고서 생각하여 보았다.

'개량뽕이 좋기는 좋지마는 돈을 여간 받아야지. 그리고 일일이 사서 먹이려다가는 뽕값으로 다 집어먹고 남는 것이 어디 있나.'

노파 생각에는 돈 한 푼 안 들이고 공짜로 누에를 땄으면 좋을 것이다. 돈 한 푼을 들인다 하면 그 한 푼이 전 수확에서 나오는 이익의 전부같이 생각되어 못 견디었다. 그뿐 아니라 자기 혼자 이익을 먹는 것 같으면 모르거니와 안협집하고 동사[17]로 하는 것이므로 안협집이 비록 뼈가 부서지도록 일을 한다 하더라도 그 힘이 자기 주머니에서 나가는 돈 한 푼만 못해 보인다. 그래서 뽕을 어떻게 공짜로, 돈 안 들이고 얻어 올 궁리를 하고 있다가 안협집이 마침 마당으로 들어서매,

"뽕 때문에 일났구려."

하며 안협집에게는 무슨 도리가 없느냐고 물어 보았다.

"글쎄."

안협집 생각은 주인의 마음과 또 달라서 남의 주머니 돈 백 냥이 내 주머니 돈 한 냥만 못하다. 그래서 '돈 주면 살걸' 하는 듯이 심상하게[18] 있다.

"어떻게 해서든지 구해 와야지."

서로 얼굴만 쳐다볼 때, 들에 나갔던 삼돌이란 놈이 툭 튀어 들어오다가 이 소리를 듣더니 제 딴은 동정하는 표정으로,

“그것 일났쇠다. 어떻게 하나……”

한참 허리를 짚고 생각을 해 보더니,

“형! 참 그 뽕은 좋더라마는 똑 되기를 미선[19] 조각같이 된 놈이 기름이 지르르 흐르는데 그놈을 먹이기만 하면 고치가 차돌같이 여물 거야!”

들으라는 말인지 혼잣말인지는 모르나 한마디를 탁 던지고 말이 없다. 귀가 반짝 띈 주인은,

“어디 그런 것이 있단 말이냐?”

하며 궁금증난 사람처럼 묻는다.

“네, 저 새 술막[20]에 있는 뽕밭에 있는 것 말씀이오.”

혹시 좋은 수가 있을까 하려다가 남의 뽕밭, 더구나 그것으로 살아가는 양잠소 뽕이라 말씨름만 하는 것이 될 것 같으므로,

“응! 나도 보았지, 그게 그렇게 잘 되었나? 잘 되었겠지. 그렇지만 그런 것이야 짐으로 있으면 무엇 하니.”

“언제 보셨어요?”

“보기야 여러 번 보았지. 올봄에 두릅 따러 갔다가도 보고.”

삼돌이란 놈이 한참 있다가 싱긋 웃더니 은근하게,

“쥔 마님! 제가 뽕을 한 짐 져다 드릴 것이니 탁주 많이 먹이시렵니까?”

들던 중에도 그렇게 반가운 소리가 또 어디 있으랴.

“작히[21] 좋으랴. 따오기만 하면 탁주에다 젓이라도 담그마.”

귀찮스런 삼돌이도 이런 때는 쓸 만하다는 듯이 안협집도 환심 얻으려는 듯한 웃음을 웃으며 삼돌이를 보았다. 삼돌이는 사

내자식의 솜씨를 네 앞에 보여 주리라 하는 듯이 기운이 나며 만족하였다.

그 날 밤 저녁을 먹고 자정 때나 되더니 삼돌이는 눈을 비비며 일어나서 문 밖으로 나갔다. 나갔다가 한 두어 시간 만에 무엇인지 지고 오더니 그것을 뒤꼍 건넌방 뒤 창 밑에 뭉뚱그려 놓았다. 이튿날 보니까 딴은 미선쪽 같은 기름이 흐르는 뽕잎이었다.

"어디서 났을꼬?"

주인하고 안협집은 수군수군하였다.

"그 녀석이 밤에 도둑질을 해 온 게지? 뽕은 참 좋소, 그렇지?"

"참 좋쇠다. 날마다 이만큼씩만 가져오면 넉넉히 먹이겠쇠다."

두 사람은 뽕을 또 따오지 않을까 보아서 아무 말도 아니하고,

"참 뽕 좋더라. 오늘도 좀 또 따 오렴."

하고 충동인다. 놈은 두 손을 내저으며,

"쉬, 떠드시지 맙쇼. 큰일나죠. 그것이 그렇게 쉬워서야 그 노릇만 하게요. 까딱하다가는 다리 마디가 두 동강이 날걸요."

도둑해 온 삼돌이나 받아들인 두 사람이나 도둑질 왜 했소! 하는 말은 없으나 서로 알고 있다.

그러자 하루는 주인이 안협집더러,

"여보, 이번에는 임자가 하루 저녁 가 보구려. 그놈이 혹시 못 가게 되더래도 임자가 대신 갈 수 있지 않수. 또 고삐가 길면 바래인다구 무슨 일이 있을는지 모르니 임자와 둘이 가서 한몫 많이 따 오는 것이 좋지 않수."

　안협집이 삼돌이를 꺼리는 줄 알지만 제 욕심에 입맛이 달아서 자꾸자꾸 충동인다.

"따다가 잡히면 어찌하구유."

"무얼! 밤중에 누가 알우? 그리고 혼자 가라오? 삼돌이란 놈하고 가랬지."

"글쎄, 운이 글러서 잡히거나 하면 욕이지요."

잡히는 것보다도 안협집의 걱정은 보기도 싫은 삼돌이란 녀석하고 밤중에 무인지경[22]에를 같이 가라니 그것이 딱한 일이다.

안협집의 정조가 헤프기로 유명한 만치 또 매몰스럽기도 유명하여 한번 맘에 들지 않는 것은 죽어도 막무가내다. 그것은 만냥 금을 주어도 거들떠보지도 아니한다. 그런데 삼돌이가 그 중의 하나를 참례하여[23] 간장을 태우는 모양이다.

안협집은 생각하고 생각하여 결심해 버렸다.

"빌어먹을 녀석이 그 따위 맘을 먹거든 저 죽이고 나 죽지. 내 기운은 없어도……."

하고 쌀쌀하게 눈을 가로 뜨고 맘을 다잡아먹었다. 그러고는 뽕을 따러 가기로 하였다.

삼돌이는 어깨에서 춤이 저절로 추어진다.

'얘, 이것이 정말인가, 거짓말인가? 이제는 때가 왔구나. 인제는 제가 꼭 당했지.'

놈이 신이 나서 저녁 먹고, 마당 쓸고, 소 여물 주고, 도야지, 병아리새끼 다 몰아넣고, 앞뒤로 돌아다니며 씻은 듯 부신 듯 다 해 놓고, 목물하고 발 씻고, 등거리[24] 잠뱅이[25]까지 갈아입은 후

곰방대에 담배를 꾹꾹 눌러 듬뿍 한 모금 빨아 휘이 내뿜으며 시
간 오기만 기다린다.

4

안협집은 보자기를 가지고 삼돌이를 따라서 뽕밭을 향하여 간
다.

날이 유달리 깜깜하여 앞의 개천까지 자세히 보이지 않는다.
돌부리가 발부리를 건드리면 안협집은 에구 소리를 내며 천방지
축으로 다리도 건너고 논이랑도 지나고 하여 길 반쯤 왔다.

삼돌이란 놈은 속으로 궁리를 하였다.

'뽕을 따기 전에 논이랑으로 끌고 가?'

'아니지, 그러다가는 뽕두 못 따 가지고 오면 어떻게 하게!'

'저도 열녀가 아닌 다음에 당하고 나면 할 말 없지. 아주 그런
버릇이 없는 년 같으면 모르거니와.'

'옳지, 수가 있어, 뽕을 잔뜩 따서 이어 주면 제가 항우의 딸년
이라도 한 번은 중간에서 쉬렷다. 그러거든.'

이렇게 궁리를 하다가 너무 말이 없으니까 심심 파적[26]도 될
겸 또는 실없는 농담도 좀 해서 마음을 좀 떠보아 나중 성사의
전제도 만들어 놀 겸 공연히 쓸데없는 말을 지껄인다.

"삼보는 언제나 온답디까?"

"몰라, 언제는 온다 간다 말이 있이 다니나."

"그래 영감은 밤낮 나돌아다니니 혼자 지내기 쓸쓸치도 않
소?"

놈이 모르는 것같이 새삼스럽게 시치미를 뗀다.

"별걱정 다 하네. 어서 앞서 가, 난 길이 서툴러 못 가겠으니……."

"매우 쌀쌀하구려. 나는 임자를 위해서 하는 말인데. 그렇지만 김 참봉 아들이란 쇠귀신 같은 놈이라 아무리 다녀도 잇속 없습네. 내 말이 그르지 않지."

안협집은 삼돌이가 아주 터놓고 말을 하는 것을 들으니까 분해서 뺨이라도 치고 싶었으나 그대로 참으며,

"무엇이 어째? 말이라면 다 하는 줄 아는군."

하고 뒤로 조금 떨어져 걸어갈 제, 전에도 그 녀석이 미웠지마는 남의 약점을 들어 가지고 제 욕심을 채우려는 것이 더 더러웠다.

뽕밭에 왔다. 삼돌이란 놈이 철망으로 울타리 한 것을 들어 주어 안협집이 먼저 들어가고 나중으로 삼돌이란 놈은 그 무거운 다리를 성큼 하여 그 안으로 들어갔다. 들어가다가 발끝에 삭정이[27] 가지를 밟아서 딱 우지끈 소리가 나고 조용하였다.

삼돌이는 손에 익어서 서슴지 않고 따지마는 안협집은 익지도 못한데다가 마음이 떨리고 손이 떨려서 마음대로 안 된다.

삼돌이는 뽕을 따면서도 있다가 안협집을 꾀일 궁리를 하지마는 안협집은 이것저것을 잊어버리고 손에 닥치는 대로 뽕을 땄다.

얼마쯤 땄다. 갑자기 안협집의 뒤에서,

"누구야!"

하고 범 같은 소리를 지르는 남자 소리가 안협집의 간담을 서늘하게 하였다.

삼돌이란 놈은 길[28]이나 되는 철망을 어느 결에 뛰어넘었는지 십여 간통이나 달아나서 안협집을 불렀다.

"어서 와요! 어서, 어서."

그러나 안협집은 다리가 떨려서 빨리 나와지지를 않는다. 그러나 죽을 힘을 다하여 달아나려고, 한 아름 잔뜩 따 넣었던 뽕을 내던지고 철망으로 기어 나오기는 나왔으나 치맛자락이 걸려서 잡아당긴다. 거기에 더 질겁을 해서 그대로 쭉 찢고 나오려 할 때, 때는 이미 늦었다. 뽕 지키던 남자는 안협집을 잡았다.

"이 도둑년! 남의 뽕을 네 것같이 따가? 온 참, 이년! 며칠째냐, 벌써? 이렇게 남의 것이라고 건깡깡이[29]로 먹으면 체하지 않을 줄 알았더냐? 저리 가자."

안협집은,

"살려 주소. 제발 잘못했으니 살려만 주소. 나는 오늘이 처음이오. 저 삼돌이란 놈이 날마다 따 갔지 나는 죄가 없쇠다."

하고 손이 발이 되도록 빈다.

"듣기 싫어, 이년아! 무슨 변명이냐. 육시를 하고도 남을 년 같으니. 왜, 감옥소의 콩밥 맛이 고소하더냐?"

"그저 잘못했습니다."

삼돌이는 보이지 않고 뽕지기는 안협집 손목을 끌고 뽕밭으로 들어갔다.

"이리 와! 외양도 반반히 생긴 년이 무엇이 할 게 없어 뽕서리를 다녀."

하더니 성냥불을 그어 대고 안협집을 들여다보더니,

"흥."

의미 있는 웃음을 웃어 버렸다.

안협집은 이 웃음에 한가닥 희망을 얻었다. 그 웃음은 안협집의 손아귀에 자기를 갖다 쥐어 준다는 웃음이다. 안협집은 따라서 방싯 웃었다. 그 웃음 한번이 넉넉히 뽕지기의 마음을 반 이상이나 흰죽 풀어지게 하였다.

안협집은 끌려갔다.

'제가 철석 같은 간장을 가진 놈이 아닌 바에…… 한 번이면 놓아 줄걸.'

그는 자기의 정조를 팔아서 자기의 죄를 면할 수 있음을 알았다. 그는 마지못한 체하고 끌려갔다.

삼돌이란 놈은 멀리서 정경만 살피다가 안협집을 뽕지기가 데리고 가는 것을 보더니 두 눈에서 쌍심지가 돋았다.

'애 이놈이 호랑이 삼돌이를 모르는 모양이다. 그러나 대관절 어떻게 할 셈이냐? 이놈 안협집만 건드려 보아라. 정강마루³⁰⁾를 두 토막으로 내놀 터이니. 오늘 밤에는 꼭 내 것이던 걸 그랬지. 어디 좀 가까이 좀 가 볼까?'

이제는 단판 씨름이라 주먹이 시비 판단을 하는 때이다. 다시 철망을 넘어서 들어갔다. 들어가서는 이곳저곳 귀를 기울이더니 이 구석 저 구석으로 돌아다녀 보았다.

저쪽에서 인기척이 웅얼웅얼하더니 아무 말이 없다. 한 두서

너 시간 그 넓은 뽕밭을 헤매고 또 거기 닿은 과목밭, 채마전,[31]
나중에는 그 옆 원두막까지 가보았다. 놈이 뽕나무밭 가운데 부
풀덤불을 보지 못한 까닭이다.

그는 입맛만 다시면서 집으로 와서 주인에게 그 이야기를 했
다.

노파의 눈은 등잔만해지더니 두 손, 두 다리가 사시나무 떨듯
한다.

"이거 일 났구나. 어쩌면 좋단 말이냐."

좌불안석[32]을 할 제 삼돌이란 녀석은 분한 생각에 곰방대[33]만
똑똑 떨고 앉았다.

5

그날 새벽에 안협집이 무사히 왔다. 머리에 지푸라기가 묻고
몸매무시가 말 아니다.

"에그, 어떻게 왔어! 응?"

주인은 눈에 눈물이 괴어서 어루만진다.

"무얼 어떻게 와요? 밤새도록 놈하고 승강이[34]를 하다가 그대
로 왔지."

"그대로 놓아 주던가?"

"놓아 주지 않고, 붙잡아 두면 어찌할 테야?"

일이 너무 싱겁다. 삼돌이란 놈만 혼자말처럼,

"내가 잡혔더면 콩밥을 먹었을걸. 여편네니까 무사했지."

주인은 그래도 미진해서,[35]

"그래, 잘 놓아 주었으니 다행이지. 그러나저러나 뽕은 어떻게 되었노?"

"아, 뺏겼죠!"

"인제는 아무 일 없겠소?"

"일이 무슨 일예요."

그날 밤에 삼돌이란 놈은 혼자 앉아서 생각하기를,

'복 없는 놈은 하는 수가 없거든. 그러나 내가 다 눈치를 채었으니까, 노름꾼 놈이 오거든 이르겠다고 위협을 하면 그년도 발이 저려서 그대로는 못 있지. 내 입을 안 씻기고 될 줄 아는 게로구먼.'

그 후부터는 삼돌이란 놈이 안협집을 보고는,

"뽕지기놈을 보고 싶지 않습나?"

하고 오며 가며 맞대 놓고 빈정대기도 하고 빗대 놓고도 비웃는다.

"뽕이나 또 따러 가소."

이러는 바람에 온 동리에서 다 알았다. 안협집은 분해서 죽겠는데, 하루는 삼돌이란 놈이 막 안협집이 이불을 펴고 누우려는데 찾아와서 추근추근 가지도 않고,

"삼보 김 서방이 올 때도 되었습네그려."

하며 눈치를 본다. 안협집은 졸음이 와서 눈꺼풀이 뻣뻣하여 오는데 삼돌이란 놈이 가지도 않는 것이 귀찮아서,

"누가 아우. 오고 싶으면 오고 가고 싶으면 가겠지."

하고 담벼락에 비스듬히 기대앉는다.

삼돌이의 눈에는 그 고단해 하면서 비스듬히 누워서 눈을 감을랑말랑 한 안협집의 목덜미 살쩍[36] 밑이며 불그레한 두 볼이 몹시 정욕을 일으켰다.

그래서 차츰차츰 말소리가 음흉해 간다.

"임자는 사람을 너무 가려 봅디다. 그러지 마슈. 나도 지금은 남의 집 머슴 놈이지마는 집안 지체라든지 젊었을 적에는 그래도 행세하는 집에서 났더라우. 지금은 그놈의 원수같은 돈 때문에 이렇게 되었지마는."

하고 말을 건네려 하는데, 안협집은 별 시러베자식[37] 다 보겠다는 듯이 대답이 없다.

"자, 그럴 것 있소. 오늘은 내 청을 한 번 들어주소그려."

하고 바싹 달려드는 바람에 반쯤 감았던 안협집의 눈은 똥그래지며 어느 결에 삼돌이의 뺨에 손뼉이 올라가 정월의 떡 치듯 철썩 한다.

"이놈! 아무리 쌍녀석이기로 이게 무슨 버르장머리냐, 냉큼 나가거라!"

하고 호령이 추상같다. 삼돌이란 놈은 따귀를 비비면서 성이 꼭두[38]까지 일어나서,

"무엇이 어쩌고 어째. 횡! 어디 또 한번 때려 봐라."

일이 이렇게 되었으니 자기가 하려던 것은 이루고 마는 것이 상책이다. 이래도 소문은 날 것이요, 저래도 소문은 날 것이니 이왕이면 만족이나 채우고 소문이 나더라도 나는 것이 자기에게는 이로울 것 같았다.

더구나 안협집으로 말을 하면 온 동리에서 판 박아 놓은 화냥년이니 한 번 화냥이나 두 번 화냥이나, 남이나 내가 무엇이 다를 것이 있으랴 하는 생각이 났다. 도리어 자기의 만족을 한 번 얻는 것이 사내자식으로서의 일종의 자랑인 것같이 생각되었다.

그는 두 팔로 안협집을 힘껏 껴안고,

"내가 호랑이 삼돌이다! 네가 만일 내 말을 들으면 무사하지만 그렇지 않으면 그대로 두지는 않을 터이야! 너, 네 남편이 오기만 하면 모조리 꼬아바칠 터이야! 뽕 따러 갔던 날 일까지 모조리!"

무식한 놈이라 야비한 곳이 있다. 안협집은 그 소리가 얼마나 사내답지 못하였는지 알 수 없었다. 쇠 같은 팔이 자기 허리를 누를 때 눈을 감고 한 번만 허락할까 하려다가 그 말을 듣고서 고만 침을 얼굴에 뱉었다.

"이 더러운 녀석! 네가 그까짓 것으로 나를 위협한다고 말을 들을 줄 아니."

하고 소리를 질렀다. 삼돌이는 손으로 안협집의 입을 막았으나 때는 늦었다. 마침 마을 다녀오던 이장의 동생이 이 소리를 듣고 문을 열었다.

삼돌이란 놈은 무안해서 얼굴이 붉어지며 안협집을 놓았다. 안협집은 분해서 색색거리며,

"저놈 보시소. 아닌 밤중에 혼자 자는데 와서 귀찮게 굽니다. 저 죽일 놈이오. 좀 끌어내다 중치[39]를 좀 해주시오."

이장의 동생은 안협집의 행실을 아는 고로 삼돌이만 보내려

고,

"이놈이 할 일이 없거든 자빠져 자기나 하지, 왜 아닌 밤중에 남의 계집의 방에서 지랄야? 냉큼 네 집으로 가거라!"

두 눈이 등잔만하여진다.

"네, 그런 게 아니라, 실없이 기롱⁴⁰⁾을 좀 했삽더니……."

"듣기 싫어! 공연히 어름어름하면서, 이놈아! 너는 사람을 죽여도 기롱으로 아느냐?"

삼돌이는 쫓겨났다. 이장의 동생은 포달⁴¹⁾을 부리며 푸념을 하는 안협집을 향하여,

"젊은것이 늦도록 사내 녀석들을 방에다 붙이니까 그런 꼴을 당하지."

"누가요?"

"고만둬! 어서 잠이나 자."

하며 문을 닫쳐 주고 가 버렸다.

6

삼돌이는 앙심을 먹었다. 안협집을 어떻게 해서든지 한번 골리리라는 생각이 가슴속에 탱중하였다.⁴²⁾ 안협집은 독이 났다. 삼돌이란 놈 분풀이를 하려는 생각이 머리끝까지 올라왔다.

이튿날 동리에 소문이 났다.

"삼돌이란 놈이 뺨을 맞았다지! 녀석이 음침하니까."

"그렇지만 계집년이 단정하면 감히 그런 맘을 먹을라구!"

"그렇구말구! 제 행실야 판에 박은 행실이니까."

"지가 먼저 꼬리를 쳤던 게지."

이 소리가 바람에 떠돌아 오자 안협집은 분하였다. 요조숙녀보다도 빙설[43] 같은 여자인데 이런 누추한 소문을 듣는 것 같았다. 맘에 드는 서방질은 부정한 일이 아니요, 죄가 아니요, 모욕이 아니나 마음에 없는 놈에게 그런 소리를 듣고 당하는 것은 무서운 모욕 같았다.

그는 그 길로 삼돌의 주인마누라에게로 갔다.

"삼돌이란 녀석을 내쫓이소."

주인은 벌써 알아채었으나 안협집 편은 안 들었다. 다만 어루만지는 수작으로,

"무얼 내쫓을 것까지 있소. 그만 일에……. 그저 눈감아 두지."

"왜 눈을 감는단 말이오?"

주인은 속으로 웃었다. '소 한 필을 달라면 줄지언정 삼돌이를 내놔?' 하였다.

"내쫓아선 무얼 하우, 또."

'어림없는 년! 네가 떠들면 떠들수록 네 밑구멍 들춰서 남 보이는 것이다' 는 듯이 쳐다보며 맨 나중으로 아주 잘라 말을 해버렸다.

"나는 못 내보내겠소."

안협집은 분해서 집에 와서 머리를 쥐어뜯으며 울었다. 그리고 또 결심했다.

'두구 봐라. 너희들까지 삼돌이를 싸고도니! 영감만 와봐라.'

하루는, 딴은 영감이 왔다. 안협집은 곤두박질을 하면서 맞았다.

"에그, 어서 오슈."

노름꾼 김삼보는 눈이 똥그래졌다. 무슨 큰 좋은 일이나 생긴 것 같았다. 딴 때와 유달리 반가워하는 것이 의심스럽고 이상하였다.

방에 들어앉자마자 얼마나 땄느냐는 말도 물어 보지 않고 삼돌이란 놈에게 욕 당할 뻔하였다는 말을 넋두리하듯 이야기하였다.

"사람이 분해서 죽겠구려. 이것도 모두 영감 잘못 둔 탓이야. 오죽 영감이 위엄이 없어 보이면 그 따위 녀석이 그런 짓을 할라고…… 영감이라고 있으나 없으나 마찬가지지, 일년 열두 달 계집이 죽거나 살거나 내버려두고 돌아만 다니니까."

영감은 픽 웃었다.

"왜 내 잘못인가. 오죽 행실을 잘 가지면 그 따위 녀석에게 그 꼴을 당한담."

김삼보는 분이 나지 않는 것도 아니었다. 그러나 계집의 소행을 짐작도 하려니와 그놈의 주먹도 아니 생각할 수가 없었다. 계집이 먹여 살리라는 말이 없고 이혼하자는 말만 없는 것이 다행해서 서방질을 해도 눈을 감아 주고 무슨 짓을 하든지 그저 코대답만 하여 주는 터이라 그런 소리가 귓전으로 들릴 뿐이다.

"내가 행실 잘못 가진 게 무어요?"

안협집은 분풀이라도 하여 줄 줄 알았더니 도리어 타박을 주므로 분한 데 악이 났다.

"글쎄 무어야! 무엇? 어디 대봐요! 임자가 내 행실 그른 것을 보았소. 어디 보았거든 본 대로 말을 하시우."

딴은 김삼보는 집어서 말할 것이 없었다. 그는 그저 그런 눈치만 채었지, 반박할 증거는 잡은 것이 없다.

"본 거나 다름없지!"

"무엇이 본 거나 다름없어? 일 년 열두 달 계집이 죽거나 살거나 내버려 두었다가 이제 와서 한다는 소리가 그것밖에 없어? 살기가 싫거든 그대로 살기 싫다고 그래! 사내답게. 왜 고만 냄새가 나지? 또 어디다가 계집을 얻어 논 게지."

"이년이 뒈지지를 못해서 기를 쓰나?"

"그렇다, 이놈아! 네까짓 녀석 아니면 서방 없을까 봐 그러니, 더러운 녀석!"

김삼보의 주먹은 안협집의 등줄기를 우렸다.[44]

"이년, 그래도 잔소리야. 주둥이 좀 닫치지 못하겠니."

이렇게 서로 툭탁거리며 싸우는 판에 뒷집에서 삼돌이란 놈이 이 소리를 듣고서 가장 긴한 체하고 달아왔다.

"삼보 김서방, 언제 오셨소?"

하고 마당에 들어섰다. 김삼보는 그놈의 상판을 보니까 참았던 분이 꼭두까지 올라온다. 삼돌이는 제법 웃음을 띠며,

"허허, 오래간만에 만나세서 내외분 싸움이 웬일이시우?"

어디서 한잔을 하였는지 얼굴이 불콰하다.[45]

김삼보는 눈을 흘겨 뚫어지도록 삼돌이를 쳐다보았다.

"이놈아! 남이사 내외 싸움을 하든 말든 참견이 무어야?"

삼돌이란 놈은 주춤하였다. 그는 비지 같은 눈꼽이 낀 눈을 꿈벅꿈벅하더니,

"그렇게 역정 내실 것 무엇 있수. 말 좀 했기로……"

"이놈아, 네가 아랑곳할 게 무어야?"

"아랑곳은 할 것 없어도 흥정은 붙이고 싸움은 말리랬으니까 말이오. 나는 싸움 좀 못 말린단 말이오?"

하고 술 냄새를 풍기며 다가앉는다.

"이놈아, 술을 먹었거든 곱게 삭여!"

이번에는 삼돌이란 놈이 빌붙는다.

"나, 술 먹고 어찌하든 김서방이 관계할 게 무어요."

"이놈아! 남의 내외 싸움에 참견을 하니까 그렇지."

주고받다가 삼돌이의 멱살을 김삼보가 쥐었다.

"이 녀석, 네가 무슨 뻔뻔으로 이 따위 수작이냐? 내 계집 이놈 왜 건드렸니?"

삼돌이는 조금 발이 저렸으나 속으로 홍 하고 웃었다.

"요까짓 게 누구 멱살을 쥐어? 앙징하게……"

하더니 김삼보의 팔을 잡아 마당에다가 내려갈기니 개구리 떨어지듯 캑 한다.

"요놈의 자식아! 내 말을 좀 들어 보고 말을 해! 네 계집 험절⁴⁶⁾을 모르고 덤비기만 하면 강산이냐? 이 동리 반반한 사내 양반 쳐놓고 네 계집 건드리지 않은 놈이 없다. 이놈! 꼭 집어 말을 하라면 위에서 아래로 내리 섬기마. 이놈, 너도 계집 덕분에 노잣</sup>

냥 노름 밑천 푼 좋이 얻어 썼지. 그래, 집이라고 오면서 볼 받은[47] 것이나마 옥양목[48] 버선 벌이나 얻어 가지고 가는 것은 모두 어디서 나온 것으로 아니? 요 땅딸보 오리 궁둥아! 아무리 속이 밴댕이 같기로……. 그리고 또 들어 봐라. 나중에는 주워 먹다 못해서 뽕지기까지 주워 먹었다."

안협집이 파래서 달려든다.

"이놈! 네가 보았니?"

"보나 안 보나 일반이지."

"이 녀석, 네 말을 듣지 않으니까 된 말 안 된 말 주둥이질을 하는구나."

동리 사람들이 모여들었다. 안협집은 삼돌이에게 발악을 하고 김삼보는 듣고만 있다.

한참 있더니 듣다듣다 못하는 듯이 삼돌이란 놈이 안협집에게 로 달려들며,

"이년이 뒈지려고 기를 쓰나?"

하고 주먹을 들었다.

동리 사람들이 호령을 하고 말렸다.

"이놈! 저리 얼른 가거라!"

이놈은 변명을 하며 뻗딩겼다. 그러나 여러 사람에게 끌려 저 리로 가버렸다.

사람이 헤어지자 노름꾼은 계집의 머리채를 잡았다.

그는 삼돌이에게 태질을 당한 것이 분하였다. 그뿐 아니라 그 렇게까지 계집년의 행실을 온 동리에서 아는 것이 분명하였다.

"이년! 더러운 년! 뽕밭에는 몇 번이나 갔니?"

발길로 지르고 주먹으로 패고 머리채를 잡아당기고 땅에다 질질 끌었다. 그는 이를 갈고 어쩔 줄을 몰랐다. 계집은 울고 발버둥질을 쳤다.

"죽여라! 죽여!"

"그럼 살려 줄 줄 아니? 이년! 들어앉아서 하는 게 그런 짓밖에는 없어."

김삼보는 자기의 무딘 팔다리가 계집의 따뜻하고 연한 몸에 닿을 때에 적지 않은 쾌감을 느끼었다. 그는 그럴수록 더욱 힘을 주어 때리도록 속에 숨겨 있던 잔인성이 북받쳐 올라왔다.

맞은 안협집은 당장에 죽을 것 같았다. 그는 생각하기를, 이왕 이리된 바에야 모두 말해 버리고 저하고 갈라서면 고만이지 언제는 귀밑머리 풀고, 사주단자 보내고, 사당에 예배드린 내외냐. 저는 저고 나는 난데, 왜 이렇게 때리노? 하는 맘이 나며,

"이것 놔라! 내 말하마!"

하고 머리를 붙잡았다.

"뽕밭에는 한 번밖에 안 갔다. 어쩔 테냐?"

삼보는 더욱 머리채를 잡아챘다.

"이년! 한 번?"

이번에는 더 때렸다. 안협집은 말한 것이 후회가 났다. 삼보는 그래도 거짓말을 한다고 그대로 엎어 놓고 짓밟았다. 안협집은 기절을 하였다. 삼보는 귀로 안협집의 숨소리를 들어 보았다. 그러나 숨소리가 없다. 그는 기겁을 하여 약국으로 갔다. 그의 팔

다리는 떨렸다. 그가 의사에게서 약을 지어 가지고 왔을 때 안협집은 일어나 앉아 있었다. 삼보는 반가웁기도 하고 분하기도 하여 약을 마당에 팽개쳤다. 그리고 밤새도록 서로 말이 없었다. 이튿날은 벙어리들 모양으로 말이 없이 서로 앉아 밥을 먹고, 서로 앉아 쳐다보고, 서로 말만 없이 옷도 주고받아 갈아입고 하루를 더 묵어 삼보는 또 가버렸다. 안협집은 여전히 동리집 공청 사랑에서 잠을 잤다. 누에는 따서 삼십 원씩 나눠 먹었다.

각주 / 작품 해설 및 나도향 연보

- 각주 해설
- 작품 해설
- 나도향 연보

벙어리 삼룡이

1) **오정포** 낮 열두 시를 알리는 대포.

2) **과목밭** 과수원.

3) **동탕** 얼굴이 두툼하고 잘생김.

4) **북어쾌** 북어 스무 마리를 한 묶음에 꿰어 놓은 것.

5) **톳** 김 100장을 묶어 세는 단위.

6) **얽다** 얼굴에 우묵우묵한 마마 자국이 생기다.

7) **불밤송이** 채 익기도 전에 말라 떨어진 밤송이.

8) **옴두꺼비** '두꺼비'를 달리 이르는 말.

9) **진일** 궂은일.

10) **마른일** 바느질이나 길쌈 따위와 같이 손에 물을 묻히지 아니하고 하는 일.

11) **후레자식** 배운 데 없이 제풀로 막되게 자라 교양이나 버릇이 없는 사람을 낮잡아 이르는 말.

12) **왜가리** 왜가릿과의 새. 몸의 길이는 90~100cm이고 다리와 부리가 길다.

13) **허구리** 허리 좌우의 갈비뼈 아래 잘쏙한 부분.

14) **앙증하다** 작으면서도 갖출 것은 다 갖추어 깜찍하고 귀엽다.

15) **화승불** 불을 붙게 하는 데 쓰는 노끈에 당긴 불.

16) **비분하다** 슬프고 분하다.

17) **휴화산** 옛날에는 분화하였으나 지금은 분화를 멈춘 화산.

18) **이지(理智)** 이성과 지혜를 아울러 이르는 말.

19) **영락하다** 세력이나 살림이 줄어들어 보잘것없이 됨.

20) **흠절** 부족하거나 잘못된 점.

21) **셈** 일이나 사정을 잘 분별하는 슬기.

22) **태질** 세게 메어치거나 내던지는 짓.

23) **의분** 불의에 대하여 일으키는 분노.

24) **무지하다** 미련하고 우악스럽다.

25) **부시쌈지** 부싯돌 등을 넣어 다닐 수 있는 작은 쌈지.

26) **애상** 슬픈 생각.

27) **화염** 타는 불에서 일어나는 붉은빛의 기운.

28) **돌라붙다** 둘레나 가장자리를 따라가며 붙다.

29) **요마** 요망하고 간사스러운 마귀.

행랑자식

1) **행랑** 예전에, 대문 안에 죽 벌여서 지어 주로 하인이 거처하던 방.

2) **행랑아범** 행랑살이를 하는 나이 든 남자 하인.

3) **모지랑비** 끝이 다 닳아서 무디어진 비.

4) **삼태기** 흙이나 쓰레기, 거름 따위를 담아 나르는 데 쓰는 기구.

5) **직분** 마땅히 하여야 할 본분.

6) **병문** 골목 어귀의 길가.

7) **튀** 잡은 새나 짐승을 물에 잠깐 넣었다가 꺼내어 털을 뽑는 일.

8) **습자** 글씨 쓰기를 배워 익힘. 특히 붓글씨를 연습하는 것을 이름.

작품별 각주 해설

9) **질뚱바리** 행동이 느리고 소견이 꼭 막힌 사람을 낮잡아 이르는 말.

10) **닥달리다** 부딪치게 되다.

11) **삿자리** 갈대를 엮어서 만든 자리.

12) **선뜩하다** 갑자기 서늘한 느낌이 있다. '선득하다' 보다 조금 센 느낌을 준다.

13) **동정** 한복의 저고리 깃 위에 조붓하게 덧대어 꾸미는 하얀 헝겊.

14) **자정** 인자한 마음. 부모의 정을 이르기도 한다.

15) **올리다** 뺨 따위를 때리다.

16) **들이차다** 마구 차다.

17) **툇마루** 툇간에 놓은 마루.

18) **인두** 바느질할 때 불에 달구어 천의 구김살을 눌러 펴거나 솔기를 꺾어 누르는 데 쓰이는 기구.

19) **화젓가락** 화로에 꽂아 두고 불덩이를 집거나 불을 헤치는 데 쓰는 쇠로 만든 젓가락.

20) **부삽** 아궁이나 화로의 재를 치거나, 숯불이나 불을 담아 옮기는 데 쓰는 조그마한 삽.

21) **인력거** 사람이 끄는, 바퀴가 두 개 달린 수레. 주로 사람을 태운다.

22) **미심하다** 일이 확실하지 아니하여 늘 마음을 놓을 수 없다.

23) **푼거리** 땔나무나 물건 따위를 몇 푼어치씩 팔고 사는 일.

24) **남바위** 추위를 막기 위하여 머리에 쓰는 쓰개.

25) **위력** 상대를 압도할 만큼 강력함. 또는 그런 힘.

26) **부지깽이** 아궁이 따위에 불을 땔 때, 불을 헤치거나 끌어내거나 거두어 넣을 때 쓰이는 가느스름한 막대기.

27) **전당국** 전당포. 물건을 잡고 돈을 빌려 주어 이익을 취하는 곳.

28) **싸전** 쌀과 그 밖의 곡식을 파는 가게.

29) **웅숭그리다** 춥거나 두려워 몸을 궁상맞게 몹시 웅그리다.

30) **기중** '상중(喪中)'의 잘못. 상제(喪制)의 몸으로 있는 동안.

31) **전대** 돈이나 물건을 넣어 허리에 매거나 어깨에 두르기 편하도록 만든 자루.

32) **질빵** 짐 따위를 질 수 있도록 어떤 물건 따위에 연결한 줄.

물레방아

1) **홈통** 물이 흐르거나 타고 내리도록 만든 물건.

2) **확** 방아확.(곡식을 넣고 방앗공이로 찧을 수 있게 돌절구 모양으로 우묵하게 판 돌).

3) **겻가루** 쌀겨가루.

4) **댓줄기** 빗줄기나 물줄기 따위가 굵고 세찬 것을 비유적으로 이르는 말.

5) **막실살이** 머슴살이, 행랑살이와 같은 뜻.

6) **쇠멸** 쇠퇴하여 없어짐.

7) **이지적** 용모나 언행에서 이지가 풍기는 또는 그런 것.

8) **창부형** 놀고 즐기기를 좋아해서 가정에서 살림을 하고 자녀를 기르는 데 맞지 아니하는 형(型) 또는 그런 속성을 가진 여자.

9) **태** 일부러 꾸며 드러내려는 태도.

10) **후사** 대(代)를 잇는 자식.

11) **머츰하다** 계속해서 내리던 눈이나 비 따위가 잠시 잦아들어 멎는 듯하다. 여기서는 잠시 머뭇거리다의 뜻.

12) **간이 달다** 마음이 몹시 불안하여 안타까워하다. 애가 달다.

13) **행랑** 예전에, 대문간에 붙여 지어 주로 하인이 거처하던 방.

14) **육시** 옛날의 형벌로, 이미 죽은 사람의 시체에 다시 목을 베는 벌.

15) **글컹거리다** 남의 심사를 자꾸 긁어 상하게 하다.

16) **건사** 자기에게 딸린 것을 잘 보살피고 돌봄.

17) **정하다** 맑고 깨끗하다.

18) **낭자** 쪽. 시집간 여자가 머리를 땋아 뒤통수에 얹고 긴 비녀를 꽂는다.

19) **주릿대를 안기다** 옛날 형벌로, 주리를 트는 데에 쓰는 두 개의 긴 막대기를 주릿대라고 함. 모진 매를 맞거나 호된 꾸지람을 듣는 등 악형을 받다.

20) **포달** 암상이 나서 악을 쓰고 함부로 욕을 하며 대드는 일.

21) **국으로** 제 생긴 그대로. 자기 주제에 맞게.

22) **목전** 눈앞.

23) **포승** 죄인을 잡아 묶는 노끈.

24) **상해죄** 법률 용어로서, 폭행 또는 그 밖의 행위로 일부러 남의 몸에 상처를 입힘으로써 성립하는 범죄.

25) 요정 결판을 내어 끝마침.

26) **지르다** 팔다리나 막대기 따위를 내뻗치어 대상물을 힘껏 내리치다.

27) **기름하다** 조금 긴 듯하다.

28) **울** 울타리.

29) **결박** 몸이나 손 따위를 움직이지 못하도록 동이어 묶음.

30) **일반** 한 모양이나 마찬가지의 상태.

31) **절명하다** 목숨이 끊어지다. 죽다.

뽕

1) **왜수건** 개량된 수건을 재래식 수건에 상대하여 이르던 말.

2) **암상스럽다** 보기에 남을 시기하고 샘을 잘 내는 데가 있다.

3) **염량** 선악과 시비를 분별하는 슬기.

4) **심바람** ‘심부름’의 경상도, 전남, 함경도 방언.

5) **대갈 편자** 말굽에 편자를 박을 때 대어 붙이는 징을 ‘U’자 모양의 쇳조각.

6) **암연하다** 슬프고 침울하다.

7) **피륙** 아직 끊지 아니한 베, 무명, 비단 따위의 천을 통틀어 이르는 말.

8) **목도꾼** 무거운 물건을 목도하여 나르는 것을 직업으로 하는 사람.

9) **패장** 지난날 관청이나 일터에서 일꾼을 거느리는 사람.

10) **장돌림** 여러 장으로 돌아다니면서 물건을 파는 장수.

11) **포르께하다** ‘파르께하다’의 잘못. 옅지도 짙지도 아니하게 파랗다.

12) **경호**된 꾸지람.

13) **배송** 해로움이나 괴로움을 끼치는 사람을 건드리지 않고 조심스럽게 내보냄.

14) **구변** 말솜씨.

15) **반분하다** 절반으로 나누다.

16) **배때가 벗다** 행동이나 말이 아주 거만하고 건방지다.

17) **동사** 같이 일을 함.

18) **심상하게** 대수롭지 않게.

19) **미선** 대오리의 한끝을 가늘게 쪼개어 둥글게 펴고 실로 엮은 뒤 종이를 바른 동그스름한 부채.

20) **술막** 술집. 주막.

21) **작히** ‘어찌 조금만큼만’, ‘얼마나’의 뜻으로 희망이나 추측을 나타내는 말.

22) **무인지경** 사람이 살고 있지 않은 외진 곳.

23) **참례하다** 참여하다.

24) **등거리** 베나 무명으로 깃이 없고 소매가 짧거나 없고 등만 덮을 만하게 걸쳐 입는 홑옷.

25) **잠뱅이** ‘잠방이’의 잘못.

26) **심심 파적** 심심풀이.

27) **삭정이** 살아 있는 나무에 붙어 있는, 말라 죽은 가지.

28) **길** 길이의 단위. 한 길은 사람의 키 정도의 길이이다.

29) **건깡깡이** 아무 기술이나 기구 따위가 없이 맨손으로 하는 일.

30) **정강마루** 정강뼈 앞 가죽에 마루가 진 곳.

31) **채마전** 채마밭. 채마를 심어 가꾸는 밭.

32) **좌불안석** 앉아도 자리가 편안하지 않다는 뜻으로, 마음이 불안
하거나 걱정스러워서 한 군데에 가만히 앉아 있지 못하는 모습.

33) **곰방대** 살담배를 피우는 데에 쓰는 짧은 담뱃대.

34) **승강이** 승강이질. 서로 자기주장을 고집하며 옥신각신하는 일.

35) **미진하다** 아직 다하지 못하다.

36) **살쩍** 관자놀이와 귀 사이에 난 머리털.

37) **시러베자식** 실없는 사람을 낮잡아 이르는 말.

38) **꼭두** 정수리나 꼭대기.

39) **중치** 엄치. 엄중히 다스림.

40) **기롱** 실없는 말로 놀림.

41) **포달** 암상이 나서 악을 쓰고 함부로 욕을 하며 대드는 일.

42) **탱중하다** 화나 욕심 따위가 가슴 속에 가득 차 있다.

43) **빙설** 얼음과 눈을 아울러 이르는 말. 본디부터 타고난 마음씨가
결백함을 비유적으로 이르는 말.

44) **우리다** '후리다' 의 잘못.

45) **불콰하다** 얼굴빛이 술기운을 띠거나 혈기가 좋아 불그레하다.

46) **험절** 흠절. 부족하거나 잘못된 점.

47) **볼 받다** 버선 바닥에 헝겊 조각을 덧대서 깁다.

48) **옥양목** 생목보다 발이 고운 무명.

벙어리 삼룡이

　〈벙어리 삼룡이〉는 나도향이 프랑스의 소설가 빅토르 위고의 소설 〈노트르담 드 파리(Notre-Dame de Paris)〉를 각색한 〈노틀담의 꼽추〉라는 공연을 보고 영감을 얻어 쓰게 되었다고 알려진 작품이다. 위고의 작품 속 주인공인 ‘콰지모도’는 꼽추이자 추한 외모를 지닌 노트르담성당의 종지기로 주변 사람들로부터 소외와 멸시를 당하는 인물이다. 그는 여주인공 ‘에스메랄다’와의 이룰 수 없는 사랑에 빠지게 되고, 결국 운명적인 죽음을 맞이하게 된다. 배경과 주제에 있어 약간의 차이가 있기는 하지만 〈벙어리 삼룡이〉와 많은 부분에서 공통점을 찾을 수 있다.

　‘삼룡이’는 나도향의 소설에 등장하는 모든 인물 중에서도 가장 비천(卑賤)한 존재다. “옴두꺼비가 서서 다니는 것”같은 추한 모습에다 벙어리라는 신체적 조건과 남의 집 하인이라는 사회적 신분으로 인해 그는 이미 충분히 비극적인 존재다.

　자신의 의사를 제대로 표현하지 못한 채 갇혀 있는 ‘구속된 인간’이며, 사회에서 억압받고 있는 미천한 한 특수 인물의 ‘극단적 비극’인 것이다. 이는 일제 치하의 우리 민족의 보편적 삶을 ‘벙어리’라는 상징성으로 나타내는 것이기도 하다.

　그러나 그가, “주인집을 버릴 줄 모르는 개 모양으로” 그 집에서 살다 죽는 것이 제 운명인 줄밖에 모르고, 성(性)적인 충동에서도 “남과 똑같은 권리가 없는 줄 알고” 단념할 때까지는 아직 비극의 주인공이 아니다.

　주인 아들이 아무리 학대를 하더라도 ‘삼룡이’는 제게 으레 있는 것으로 체념할 뿐, 도리어 주인 아들보다 제 자신이 병신인 것을 원망할 뿐이다.

　주인댁에서 문벌(門閥)을 높일 욕심으로 주인 아들에 비하면 “까마귀에 두루미 같은” 새댁을 돈으로 들이지만 않았어도 ‘삼룡이’는 별 탈 없이 충견(忠犬)이 누릴 만큼의 행복을 누리며 살았을 것이다.

　주인 색시는 ‘삼룡이’에게는 “선녀요, 달이요, 별과 같은” 숭고한 존재가 되었다. 그런데 주인 아들이 새댁에게

열등감 콤플렉스를 갖고 몹시 학대를 하자, 벙어리는 두렵기까지 했다. 어떻게 '선녀와 짐승의 차이가 있는' 색시와 자기가 똑같이 얻어맞을 수 있단 말인가. 그 후 벙어리의 충성에 감사하는 뜻으로 보낸 색시의 '부시쌈지'가 주인 아들의 엉뚱한 오해를 일으켜 억울한 매를 맞게 되면서, 차츰 '삼룡이'의 마음속에는 '정의감'이 머리를 들며 분노를 느끼기 시작한다. 여기에서 그의 비극은 출발하게 된다. 그러나 이 정의감과 분노는 아직 그의 상전에 대한 복종심의 껍질을 뚫지는 못하고 있었다.

그런데 그에게는 이보다 더 근본적인 파탄의 씨앗이 싹트고 있었다. "휴화산 모양부로" 가슴속 깊이 감추어졌던 열정이 함께 학대받는 색시에게 연민(憐憫)과 어떤 연대감을 느끼면서, 서서히 피어오르기 시작한 것이다. 그것은 다시, "……몹시 애상(哀傷)의 정서가 그의 가슴을 저리게 하였다. ……그에게 생명 같은 희열을 주었다. 그것과 자기의 목숨이라도 바꿀 수 있을 것 같았다."와 같은 절절한 애정의 갈등으로 발전한다. 그는 처음으로 인간다운 고귀한 감정을 체험한 것이다. 여태껏 제 운명을 원망하며 삶 자체를 부정적으로 보던 그가 삶의 희열(喜悅)을 느끼고, 인간으로 태어난 보람을 찾은 것이다.

그러나 그에게 주어진 사회적 조건은 이 고귀한 감정을 용납하지 않는다. 도리어 그의 파멸을 재촉하는 원인이 되게 할 뿐이다.

사모하는 이에게 무슨 큰일이 났다는 소식을 듣고, 그는 애끓는 마음에 앞뒤를 잴 여유도 없이 그에게 금지된 안채에 들어가서 그녀가 자살하려는 것을 보고 뛰어들어 말리다가 그만 오해를 사고 만다. 주인 아들이 벙어리의 온몸을 짓이기고 나서 "죽은 개 모양으로 끌고" 나가 갈 곳 없는 그를 대문 밖으로 쫓아냈을 때 '삼룡이'는, "비로소 믿고 바라던 모든 것이 자기의 원수란 것을" 깨닫는다. 그는 "모든 것을 없애버리고 자기도 또한 없어지는 것이 나을 것"이라는 무서운 복수심을 품게 된다. 이 복수심은 곧 방화(放火)로 이어지고, 사모하는 주인 색시를 가슴에 안은 "즐거운 쾌감" 속에서 미소를 지으며 죽는 것으로 끝이 난다.

'삼룡이'의 마지막 '미소'는 많은 의미를 함축하고 있다. 부당함에 대한 반항(反抗)과 죽음의 선택은 분명히 인간 이하로 취급받던 자의 '인간선언'이며, 자각(自覺)이다. 또한 '불과 죽음'을 통한 카타르시스〈catharsis : 정화(淨化)〉는 '현실을 초월한 승화된 자기구현'을 실현한 것이며, 자기 주체성(主體性)의 완전한 획득이라는 상징적 의미를 지니는 것이다.

행랑자식

　〈행랑자식〉은 춥고 바람 부는 겨울을 배경으로 행랑집 아들 '진태'에게 일어나는 하루의 사건을 통해 1920년대 하층민의 어려운 삶을 다루고 있는 작품으로 작가 나도향이 이전의 감상적, 낭만주의적 작품 경향에서 벗어나 보다 완성된 사실주의로의 작품세계를 펼치는 전환기가 되는 작품으로 평가받고 있다.

제목에서부터 짐작할 수 있듯이 작품 속의 ‘진태’는 행랑채를 얻어 사는 가난한 날품팔이 인력거꾼의 자식이다. ‘진태’는 마당에 쌓인 눈을 치우다가 주인집 교장 어른의 버선발에 눈 삼태기를 놓쳐, 교장 어른의 버선 발등을 더럽히게 된다. 주인 내외로부터 핀잔을 듣고 어머니로부터도 야단을 맞는다. 또한 이 일을 전해들은 아버지에게도 매를 맞는다.

아버지는 ‘진태’가 주인 나리의 버선 발등을 더럽혔기 때문에 때리는 것이 아니다. 삼태기 하나 잃어버린 것이 오히려 아깝고 분하기 때문이다. “자기 자식을 쳐 죽이고 싶도록” 분하다. 또한 아버지는 “자기 아들의 볼기짝 등어리 넓적다리 할 것 없이 사정없이 때릴 때마다” “자기 아들을 때리는 것 같지 않고 자기 주인 나리를 욕하고 원망하고 주먹질하고 싶었다.” 벌이가 없는 날은 밥을 굶어야 하는 형편, 아무리 노력해도 벗어나지 못하는 가난한 현실에 대한 원망 때문이다. 이런 자책(自責)과 원망은 기득권을 가진 사회적 강자(强者)에 대한 막연한 저항의식으로 나타난다.

‘진태’네는 저녁 끼니가 되어도 밥 지을 쌀이 없다. 그뿐만이 아니라 아궁이에는 “타나 남은 푼거리 장작이 두어 개 재 속에 남아 있을” 뿐 “부스러기 나무” 하나 없다.

주인마님네가 먹다 남은 밥을 모아 ‘진태’를 부르지만, ‘진태’는 굶으면 굶었지 먹기를 거절한다. “아침에 나리의 버선등을 더럽힌 것을 생각하매 다시 마님의 낯을 뵙기가 부끄럽고", 안방에 "자기와 동갑 되는 교장의 딸" 보기에 매맞은 것이 부끄럽기 때문이다.

'진태'는 저녁을 해결해 줄 아버지를 기다리지만, 아버지는 벌이가 없이 집에 돌아온다. 때문에 어머니는 저녁을 마련하기 위해 시집 올 때 가져온 은비녀를 전당포에 맡기고, 쌀과 나무를 사 오라는 심부름을 '진태'에게 시킨다.

쌀을 사 오던 '진태'는 맞은편에서 오시던 선생님을 피하려고 골목으로 뛰어들다가 아버지와 부딪쳐 쌀을 엎지르고 만다. 이로 인해 어머니로부터 매를 맞는다. '진태'는 주변의 아무에게도 하소연할 대상이 없다.

'진태'는 자신의 잘못 때문이 아니라고 생각하는데 "하루에 두 번씩 매를 맞게 되니까" 너무나 억울하다. 그러나 그에게는 어른들의 부당한 대우에 항거(抗拒)할 '힘'이 없다. 상황이 어찌되었든 아랑곳하지 않고 주인 나리, 안방마님, 아버지, 어머니로부터 질타(叱咤)의 대상이 되고 있다. "무엇이 원망스럽고 또 무엇을 저주하고 싶었으나 그것이 무엇인지 알지 못하였다." 그래서 '진태'는 "혼자 울었다. 그는 위로해 주는 사람 하나 없고 쓰다듬어 주는 사람 하나 없다."

여기에서 어린 '진태'가 원망하는 대상은 막연하기만 하다. 그러나 독자는 '진태'에게 그런 부당한 대접을 받게 하는 대상은 당시의 '살기 힘든 궁핍(窮乏)한 사회 현실' 때

문이라는 것을 어렵지 않게 짐작할 수 있다.

이 작품은 '진태'나 '진태의 가족' 모두 현실의 삶에 충실하고자 노력하지만, 자신들의 의지로는 해결할 수 없는 주변의 한계 상황 속에서 좌절하는 한 가족의 모습을 사실적으로 보여주고 있다. 그것도 가장자리에서 연약하게 매달려 있는 한 소년의 모습을 통해 적나라하게 파헤친 셈이다.

물레방아

   이 작품의 제목인 '물레방아'는 사건이 일어나는 단순한 배경만이 아니라 여러 상징적 의미를 함축(含蓄)하고 있다. '물레방아'는 이효석의 소설 〈메밀꽃 필 무렵〉의 배경이 되는 장소로도 나타나는데, 두 작품 모두 비슷한 상징성을 띠고 있다.

   '성(性)'적인 의미를 나타내는 비유로서의 '물레방아'와 벗어나기 어려운 '운명의 수레바퀴'라는 의미를 동시에 내포(內包)하고 있는 것이다.

〈물레방아〉의 ‘방원’은 〈벙어리 삼룡이〉의 ‘삼룡이’와 달리 처음부터 신분·돈·애정 등에서 오는 갈등을 지니고 있었다. 처음에, 주인이 나가라고 했을 때 ‘방원’은 “돈으로 사람을 사고 팔 수 있는” 주인 앞에서 무력한 자신을 통감하며 가슴만 답답할 뿐이었다.

“자기 혼자 몸 같으면 어디 가서 어떻게 빌어먹더라도 살 수가 있지마는 사랑하는 아내를 구해 갈 길이 막연하다.”는 것을 보면 ‘방원’에게 있어 아내는 자신보다 더 소중한 존재다. 그 아내가 자신을 배신하면서 생활 터전과 계집을 한꺼번에 잃게 된 '방원'의 상황은 처음부터, 자각(自覺)이 없던 ‘삼룡이’의 경우보다 더욱 처절한 것이다.

‘방원’에게 신분적 갈등이나 돈에 대한 갈등, 그 자체는 대수롭지 않다. 그에게 보다 중요한 것은 아내의 까닭모를 변심(變心)이다.

‘방원 처’는 이태동안 끌려다닌 행랑생활에 싫증이 났던 것이다. 젊은 '방원'의 배고픈 사랑보다는 비록 “쇠멸의 구렁텅이를 향해 가는 늙은이”지만 사회적 강자(强者)인 ‘신치규’를 택함으로써 신분 상승과 함께 경제적 궁핍에서 벗어날 수 있다는 것이다.

또 이런 선택은 “이지적인 동시에 창부형으로 생긴” 방원 처의 외모와 성격과도 걸맞는 행위로도 볼 수 있지만, 무엇보다도 가난에서 벗어나고 싶은 ‘방원 처’의 처절함이 더 크게 작용한다고 하겠다.

이는, ‘방원’은 전(前) 남자에게 칼침까지 맞으면서도 자기를 따라와 준 아내의 이런 배신을 받아들일 수 없다. 감옥에서 살의(殺意)를 품고 나왔지만 그녀를 본 순간에 다시, “계집이 설마 나를 영영 잊어버리랴 …… 옛날의 정리를 생각할 때 그것이 거짓말이 아니고 무엇이냐는 생각"이 났다. 그래서 마지막으로, “어서 옛날과 같이 나하고 멀리멀리 도망을 가자”고 호소해 보지만 그 칼의 위협 앞에서도 “나는 죽으면 죽었지 가기는 싫어요. 이제 나는 고만 그렇게 구차하고 천한 생활을 다시 하기는 싫어요. 고만 물렸어요. …… 이렇게 된 이상 나를 죽이시오!"' 하고 죽음을 자초(自招)한다. 죽기보다 싫은 가난에 저항하는 애처로운 몸짓에서 ‘방원 처’의 처절함이 확연히 드러난다.

그리고 '방원'의, “너는 나를 우리 고향에 다시 돌아가지도 못하게 만들어 놓고, 나의 모든 것을 다 잃어버리게 한 후에 또 나중에는 세상에서 지옥이라고 하는 감옥소에까지 가게 하였지! 그러고도 나의 맨 마지막 원을 들어주지 않을 터이냐?” 하는 데서는 세상에서 완전히 소외된 한 인물의 피맺힌 절규를 듣는다.

‘방원’에게는 ‘신치규’로 대변되는 사회적 강자(强者)를 향한 저항의식보다는 사랑하는 아내에게까지 소외된 자신의 절망이 더욱 큰 자리를 차지하고 있다. 사회적, 경제적 위치에서도, 고향으로부터도, 그리고 아내한테까지도 완전히 소외된 한 인물의 절망, 호소할 데 없는 이 울분은 그에게는 자결(自決)로 끝낼 수밖에 없을 만큼 처절한 것이다.

1920년대의 억압된 상황과 고통이라는 차원에서 보면, 절대빈곤과 신분의 한계에서 오는 고단한 삶의 부정적인 단면이다.

이렇듯 이 소설은 당시의 서민들의 애환을 극적으로 담고 있는 세태소설로서 작가 나도향이 시대를 바라보는 날카로운 의식이 돋보이는 작품이다.

뽕

　〈뽕〉은 '안협집'이라는 한 여인의 삶의 방식을 생생하게 묘사한 작품으로, 김동인의 소설 〈감자〉의 주인공 '복녀'의 삶의 방식과 유사하다는 면에서 자주 비교된다. 서로 비슷한 주제를 담고 있는 작품이며, 사회 환경이 인간의 삶의 방식에 영향을 끼치는 '자연주의'의 성격이 뚜렷한 작품이다.

〈뽕〉은 제 몸을 팔아 생계를 이으며, 때로는 남편의 노름 뒷돈까지 대주는 '안협집'을 중심으로 하여, 이를 아는 듯 모르는 듯 덮어준 채 한 달에 하루, 이틀 집에 붙어 있을까 말까한 노름꾼 남편과, 또 남의 집 머슴을 살면서 갖은 야비한 수단으로 '안협집'을 정복하려는 '삼돌이'와의 삼각관계의 갈등 구조를 이루고 있다.

이들의 세계에서는 노름이나, 화냥질이나, 뽕도둑질이 장사하고 농사짓는 따위의 일과 별다른 차이가 없다. 이는 모두가 먹고 사는 수단의 하나일 뿐이다. 남의 아낙을 탐하는 것도 남의 밭, 참외 하나 서리해 먹는 것쯤으로 여겨진다. 그러면서도 이 세계가 그리 추하게 보이지 않는 까닭은 무엇일까? 그것은 이 세계의 인물들이 제 나름대로 자기 생활방식을 갖고 거기에 충실하다는 점이다.

'김삼보'에게는 노름이 그의 삶의 전부다. 아내의 서방질을 알면서도, '계집이 먹여 살리라는 말이 없고 이혼하자는 말만 없는 것이 다행이어서' 눈감아준다는 것은 자기의 노름에 지장만 되지 않으면 아내의 생활방식을 인정해 준다는 것이다. 사실 지장은커녕 가끔 노름 밑천까지 대주는 아내가 '김삼보'에게는 다시 없는 소중한 존재다.

'안협집' 또한 자신의 서방질이 좀 더 이득이 남는 장사가 되도록 대상을 고르느라 부심하면서 제 나름의 사업에 충실하다. 서로의 생활방식에 간섭이 없는 한, 두 부부의 생활은 조화와 균형을 잃지 않는다. 그런데 이 균형을 깨는

사건이 생겼다. 바로 음흉한 이웃집 머 슴 '삼돌이'의 출현
이다.

"계집년이 배때가 벗어서 말쑥한 서방님만 어르더
라…… 건방진 년!"하며 앙심을 먹고 애를 태우는 '삼돌
이'와 그를 싫어하고 무시하는 매몰찬 '안협집'과의 갈등
이 이 소설을 이끌어가는 핵심이다.

'삼돌이'는 온갖 수단에도 그녀를 꺾을 수 없자. '김삼
보'가 오기만을 기다린다. '안협집'의 화냥질을 일러바쳐
그녀가 쫓겨나는 꼴을 볼 셈이다. '안협집'도 그동안 제 생
활을 간섭해 오고 야비한 수단으로 욕까지 보이려던 '삼돌
이'를 남편에게 일러바쳐 혼을 내줄 셈으로 남편을 기다린
다.

그러나 정작 '김삼보'는 어느 쪽도 만족시킬 만한 위인
이 못되었다. '삼돌이'에게 혼은커녕 도리어 태질을 당하
고는 그 분풀이를 아내에게 한다. '계집년의 행실을 온 동
리에서 아는 것'이 오히려 더 분하다. 온 동리가 안다는 것
은 제 부부간의 세계가 간섭 받을 여지가 있어 불편한 것이
다.

'김삼보'는 '사디즘〈성적(性的) 대상에게 육체적·정신
적 고통을 줌으로써 자신의 성적 만족을 얻는 이상(異常)
성욕. 프랑스의 소설가 사드의 이름에서 따온 말〉'이 충족
될 만큼 아내를 때리는 것으로 그의 일을 다 끝낸다.

'삼돌이'의 입장에서는 실망스럽게도, 그 다음날 두 부

부는 아무 일도 없었다는 듯이 서로 마주앉아 밥을 먹고 각자 제 생활의 장소로 돌아간다. 부부간의 균형이 평정된 셈이다. 결국 패자(敗者)는 '삼돌이' 다.

"그놈의 원수스런 돈 때문에……", "복 없는 놈은 하는 수 없거든……" 이런 푸념이나 하면서, 그는 매춘을 일삼는 '안협집'에게마저 소외당한 마음의 상처를 달랠 도리밖에 없다.

그렇다면 작가가 이 작품을 통해서 나타내고자 하는 것은 무엇인가?

이는 당대 사회 환경 속에서의 하층민들의 적나라한 생활상이다. 물질 만능의 사회적 풍토, 본능과 충동, 비열하고 무책임한 타락한 생활, 인간의 속물 근성 등을 사실적으로 보여준다.

여기에 척박한 땅에서도 오히려 싱싱하게 잘 자라는 '뽕'의 푸른 생명력을 대비시킴으로써 그 시대의 슬픔과 좌절, 인간 소외의 아픔을 극적으로 드러내고 있다. 그리고 이 슬픔은 바로 그들이 처해 있는 열악한 사회환경에서 비롯된 것이라는 점에, 작가 나도향의 비판적 안목(眼目)을 찾을 수가 있다.

나도향 연보
(羅稻香)

- 1902년 3월 30일 서울 남문 밖 청파동 1가 156번지에서 아버지 나성연(羅聖淵) 씨와 어머니 김성녀(金姓女) 씨의 장남으로 출생. 본명은 경손(慶孫), 아호는 도향(稻香), 필명은 빈(彬).

- 1917년 공옥보통학교를 졸업하고 배제고등보통학교에 입학함. 이때 문학에 눈 떠 교우지 편집을 맡고 문예습작을 시작함.

- 1919년 배제고등보통학교를 졸업하고 할아버지의 뜻에 따라 경성의학전문학교에 입학했으나, 문학에 뜻을 품고 3월에 몰래 일본으로 건너감. 와세다 대학 영문과에 입학하려 했으나 학자금이 송금되지 않아 귀국함.

- 1921년 《배제학보》 2호에 〈출학(黜學)〉을 발표함. 이어 단편 〈추억〉을 《신민공론(臣民公論)》에 발표함. 《백조(白潮)》에 동인.

- 1922년 《백조(白潮)》 창간호에 처녀작 단편 〈젊은이의 시절〉을 발표하면서 문단에 데뷔함. 그 밖에 단편 〈옛날 꿈은 창백하더이다〉, 장편 〈환희〉 등 발표. 경북 안동에서 1년간 보통학교 교사로 근무하면서 장편 〈청춘〉 탈고함.

- 1923년 〈은화(銀貨)〉〈백동화(白銅貨)〉를 《동명(東明)》에, 〈행랑자식〉〈17원 50전〉〈춘성〉을 《개벽》에 발표. 〈여 이발사〉를 《백조》에 발표함.

- 1924년 단편 〈자기를 찾기 전〉을 《개벽》에 발표. 논문 〈문단으로 본 경성〉, 단편 〈전차 차장의 일기 몇 절〉을 발표함.

- 1925년 단편 〈뽕〉〈정의사의 고백〉〈벙어리 삼룡이〉〈계집 하인〉〈물레방아〉〈꿈〉, 수필 〈주노애이(酒奴愛婢)〉〈생장(生長)〉〈그믐달·단상 두 개〉〈하고 싶은 말 무엇〉을 발표함. 시 〈찾아나 볼까〉〈오늘엔 날더러 서방님 하지만〉〈사랑 고개〉 등을 발표함.

- 1926년 재차 일본으로 건너가 공부하려 했으나 실패하고 귀국함. 중편 〈지형근(池亨根)〉을 《조선문단》에 발표. 단편 〈피 묻은 편지 몇 쪽〉〈화염에 싸인 원한〉을 《신민(新民)》에 발표함. 8월 26일 폐결핵으로 25세에 요절함. 사후에 장편소설 《어머니》가 간행되고, 《청춘》이 조선도서주식회사에서 간행됨.